Mutter lieben

Noel Leidmann

Bibliografische Information der Deutschen Bibliothek:

Die Deutsche Bibliothek verzeichnet diese Publikation in der Deutschen Nationalbibliographie; detaillierte bibliographische Daten sind im Internet über http://dnb.ddb.de abrufbar.

© 2014 Alle Rechte liegen beim Autor

Herstellung und Verlag: BoD - Books on Demand, Norderstedt

Printed in Germany

ISBN-13: 978-3-7357-8563-3

Solange ich zurückdenken kann, hing meine Mutter an der Flasche. Für sie war – wie sie behauptete – vor allem mein Vater an ihren Nöten schuld, der sie von einem Tag auf den anderen verließ, obwohl ich noch sehr klein war.

Sie hätten sich stets auf die gleiche Weise gestritten, und zwar vom allerersten Tag ihrer Beziehung an: Erst wurde er laut, und gleich darauf schlug er sie grün und blau. Anschließend lag sie stundenlang wimmernd im Bett und trank Hochprozentiges.

Urplötzlich war er dann verschwunden. Von einem Tag auf den anderen kam er nicht mehr von der Arbeit zurück. Von seinen Ex-Kollegen erfuhr sie, dass er oft davon sprach, irgendwann ins Ausland zu gehen. Wohin, das wussten sie allerdings nicht. Vielleicht wollten sie es ihr aber auch nicht sagen.

Doch warum sollte ich ihr glauben? Weil kleine Kinder und Betrunkene stets die Wahrheit sagen? Ich vermute eher, sie hat ihn mit ihrer ewigen Trinkerei, Nörgelei und Herumhurerei so sehr zermürbt, dass er schließlich die Flucht ergriff.

An meinem sechzehnten Geburtstag eröffnete sie mir, dass sie überhaupt nicht meine leibliche Mutter ist, sondern meine Stiefmutter. Meine wirkliche Mutter sei bei meiner Geburt gestorben. Mein Vater tröstete sich daraufhin mir ihr – ihrer damals besten Freundin – und heiratete sie wenige Monate später.

Nachdem er praktisch über Nacht verschwunden war, ließ sie sich auf zahllose Affären ein, die kaum jemals länger als drei Monate dauerten. Und wenn sie mal wieder einen neuen Lover aufgetrieben und in unsere Wohnung gelotst hatte, sperrte sie mich ganz schnell in mein Zimmer ein, wo ich noch stundenlang ihr Stöhnen und Quieken hören konnte. Doch wehe, ich beschwerte mich über ihre Behandlung! Dann gab es prompt einen Satz heiße Ohren.

Wenn es ihr gut ging, konnte sie auch richtig lieb sein. Dann ist sie mit mir ins Kino gegangen, kaufte mir jede Menge Popcorn, Eis und Cola, begleitete mich auf die Kirmes oder ins Fußballstadion und hörte zu, lachte mit mir, streichelte mir zärtlich durchs Haar.

Solche Momente waren allerdings äußerst selten. An den meisten Tagen war sie mehr oder weniger stark betrunken, und ich bekam ihre ganze Wut und Enttäuschung zu spüren. Ich musste nur eine schlechte Note nach Hause bringen, bei den Hausaufgaben trödeln, irgendetwas anstellen oder ihr unglücklich im Weg stehen, und schon drosch sie auf mich ein, und zwar am liebsten mit dem Holzlineal auf die ausgestreckten Finger oder auf meinen entblößten Hintern. Besonders schlimm war es an den beiden Malen, als ich in der Schule sitzen blieb. Da bekam ich tagelang Hausarrest und wurde ständig geschlagen.

Am meisten demütigte mich aber der Schwall aus lallenden Worten, der mitunter ohne jeden erkennbaren Grund aus ihrem Mund floss, und bei dem es sich um eine einzige Abfolge der niederträchtigsten Schmähungen und Beleidigungen handelte, die nur dazu dienten, mich abzuwerten und fertigzumachen. Selbst vor meinem Schwanz machte sie nicht Halt, auch dann nicht, wenn uns andere hören konnten. Ich wäre zu absolut nichts nutze und würde später auch keine Frau abbekommen, war eine ihrer typischen Äußerungen. Eine Frau bräuchte einen ganzen Kerl mit einem richtigen Schwanz und nicht mit einem solch kleinen Pipimann, wie ich ihn hätte. Damals war ich gerade acht Jahre alt, als sie es das erste Mal zu mir sagte. Und seitdem bekam ich ihren höhnischen Spott fast täglich und in immer neuen Variationen zu hören, obwohl sie das mit der Zeit überhaupt nicht mehr beurteilen konnte.

Bis dann ihre Kur kam. Sie litt schon seit Jahren unter Depressionen und Kopfschmerzen, was aber wohl in erster Linie auf ihren Alkoholismus zurückzuführen war. Als sich ihr Gesundheitszustand trotz aller Therapien nicht bessern wollte, machten ihr die Ärzte deutlich, dass sie nicht länger gewillt waren, ihr die teuren Medikamente zu verschreiben, wenn sie sich nicht ernsthaft darum bemühte, ihr eigentliches Grundproblem anzugehen. Und so kam es schließlich zu ihrem Entzug.

Bevor sie losfuhr, bläute sie mir ein letztes Mal eingehend ein, auf was ich während ihrer Abwesenheit alles zu achten hätte, und was ich auf keinen Fall tun dürfte. Als sich ihr Zug endlich in Richtung Daun in Bewegung setzte, stellte sich bei mir ein

Gefühl der Befreiung ein. Keine einzige Träne weinte ich ihr nach. Ich war mit meinen Gedanken ohnehin schon längst woanders, denn in wenigen Wochen wurde ich achtzehn. Dann hätte sie mir offiziell sowieso nichts mehr zu sagen gehabt. Und außerdem ging mir die ganze Zeit Nicole durch den Kopf.

Nicole war erst fünfzehn Jahre alt und dennoch bereits die unangefochtene Schlampenkönigin unserer Schule. Man erzählte sich, sie hätte mit fast allen Jungs unserer Klasse gepoppt, was ich damals für bare Münze hielt, denn sie machte keinerlei Anstalten, die über sie bestehenden Gerüchte zu dementieren.

Sie schien es also mit ihren Affären nicht allzu genau zu nehmen, sodass ich mir gewisse Hoffnungen machte, auch ich könnte bei der nächstbesten Gelegenheit bei ihr landen, was – so mein damaliger Plan – spätestens am Vorabend meines achtzehnten Geburtstags erfolgen sollte, denn da gab ich bei mir zu Hause eine Party, zu der ich sie ebenfalls eingeladen hatte. Zu meiner großen Freude sagte sie tatsächlich zu.

Meine Strategie für mein erstes Mal war im Grunde recht einfach: Als Gastgeber wollte ich sie zum Tanzen auffordern und unter irgendeinem Vorwand auf mein Zimmer locken. Ich war mir sicher, sie würde spätestens nach dem dritten Glas Cola-Rum auf meinen Wunsch eingehen, denn Nicole, so viel hatte ich von anderen bereits erfahren, wurde unter Alkoholeinfluss – und darin unterschied sie sich offensichtlich ganz erheblich von meiner Stiefmutter – schon bald recht locker und absolut unkompliziert.

Mir war das aber auch aus einem ganz anderen Grund wichtig. Aufgrund der ständigen Verbalattacken meiner Stiefmutter saß in mir eine tief verwurzelte Angst, mein Schwanz könnte zu klein sein und den Frauen nicht genügen, obwohl ich mir selbst immer wieder zuredete, dass daran wohl etwas nicht stimmen könnte, denn beim Duschen nach dem Sportunterricht hatte ich noch keinen einzigen anderen zu Gesicht bekommen, der größenmäßig auch nur annähernd an meinen eigenen heranreichte. Aber wer weiß, so sagte ich mir damals, wie die Verhältnisse im steifen Zustand waren. Außerdem traute ich mich nicht, genauer hinzuschauen, da sie sonst vielleicht hinterher behauptet hätten, ich sei schwul. Und Rat im Internet konnte ich mir noch nicht holen, denn für den Zugang zum World Wide Web waren wir zu arm, und so blieb ich auf meiner Ungewissheit sitzen. Ich hoffte aber, eine ausreichend betrunkene Nicole würde ohnehin nicht viel von der Sache mitbekommen und mich deshalb auch nicht auslachen. In meinen Tagträumen stellte ich mir stets vor, wie ich sie fickte, während sie bereits ziemlich weggetreten war.

Doch es sollte alles ganz anders kommen. Nicole hatte sich nämlich – wie sich herausstellte – keineswegs von den meisten Schülern meiner Klasse flachlegen lassen, sondern es war genau umgekehrt: Sie war die Aktive in dem Spiel.

Die Party war gerade erst so richtig angelaufen, da meinte sie doch tatsächlich zu mir, ich sollte ihr mein Zimmer zeigen. Dort angekommen, komplementierte sie das darin knutschende Pärchen mit der knappen Bemerkung »geht mal schnell woanders hin« hinaus, und schloss die Türe hinter uns ab.

»Willst du mal meine Muschi sehen?«

Mit ihrer knappen Frage hatte sie mich bereits aus meinem Konzept gebracht. Dennoch bemühte ich mich weiterhin, den Coolen zu mimen.

»Klar.«

»Macht aber zehn Euro.«

Einerseits war ich total schockiert darüber, auf der anderen Seite irgendwie jedoch auch erleichtert, denn wenn sie schon fürs Poppen Geld nahm, würde sie es bestimmt nicht wagen, sich über meinen Schwanz lustig zu machen, so dachte ich es mir jedenfalls.

»Ich gebe dir fünfzehn, wenn du dich ficken lässt!«

»Okay!«

Ich konnte das Geld gar nicht so schnell aus meiner Hosentasche hervorkramen, wie sie sich ausgezogen und auf mein Bett geworfen hatte. Als Erstes fielen mir ihre süßen Tittchen und der noch recht spärlich entwickelte blonde Flaum auf ihrer Scham auf. Wie abgemacht spreizte sie ihre Beine, damit ich ihre Fotze in aller Ruhe begutachten konnte, immerhin war es das erste Mal, dass ich so etwas in natura sah. Doch schon bald richtete sich ihre ganze Aufmerksamkeit auf die sich immer deutlicher in meiner Hose abzeichnende Beule.

»Hey, was hast du denn da? Zeig mal!«

Wortlos zog ich mich aus. Als mein steil aufgerichteter Schwanz zum Vorschein kam, riss sie entsetzt ihre Augen auf und wich erschrocken einige wenige Zentimeter zurück, während sie mit ihrem Zeigefinger direkt auf mein Glied zielte. Sie musste so etwas einmal im Fernsehen gesehen haben, so bühnenreif wirkte es jedenfalls.

»WAS IST DAS?«

Das Schlimmste befürchtend hielt ich den Atem an.

»Wow, der ist ja Monster! Wen willst du DAMIT ficken?«

»Na dich, wen denn sonst?«, gab ich betont lässig zurück.

In Windeseile stand sie auf und wedelte mit ihrem Zeigefinger unmittelbar vor meinem Gesicht herum.

»Nein, nein Patrick, so haben wir beide nicht gewettet. Es hat schon bei einigen anderen Typen manchmal ziemlich wehgetan, und deren Schwänze waren ein ganzes Stück kleiner als deiner. Aber das Ding kriegen wir bei mir nicht rein! No way! Was haben denn die anderen gesagt?«

Verlegen senkte ich mein Haupt. In meinem Gesicht machte sich eine leichte Röte bemerkbar.

»Ach so … Es ist dein erstes Mal, stimmt's?«

Nicole lachte so schrill auf, als wäre ihr gerade ein grünes Männchen über den Weg gelaufen.

»Patrick sei mir bitte nicht böse, aber ich möchte gleich noch Tanzen und nicht den restlichen Abend herumlaufen, als wäre ich gerade von einer Horde Barbaren gepfählt worden. Und von jemandem mit einem solchen Ding, der dazu auch noch total grün hinter den Ohren ist, weil er es noch nirgendwo reingesteckt hat, lasse ich mich sowieso nicht ficken. Vielleicht versuchst du es mal bei Frauen, die ein bisschen weniger eng gebaut sind als ich. Zum Beispiel solche, die schon Kinder haben.«

Aus Wut über ihre brüske Zurückweisung, allerdings auch ein wenig aus Stolz auf meine offenbar doch recht imposant geratene Männlichkeit versuchte ich es probeweise mit der Offensive.

»Würdest du mich deiner Mutter vorstellen?«

Empört stemmte sie ihre Fäuste in die Hüften und riss die Augen auf.

»Patrick! Das war nur ein Beispiel! Sprich meinetwegen irgendeine Oma auf der Straße an, aber bleib mir mit deinem Ding fern. Und meiner Mam genauso.«

Die Sätze sprudelten so übertrieben aufgeregt und laut aus ihr heraus, dass ich mir erstmalig der Macht meines Schwanzes bewusst wurde.

Nicole war mindestens genauso schnell angezogen, wie sie sich zuvor entblättert hatte. Bereits wenige Minuten später stand sie auf der Tanzfläche und flirtete mit den anderen Jungs. Kurz vor Mitternacht verschwand sie mit einer unscheinbaren Schmalzlocke auf Nimmerwiedersehen.

Obwohl ich dabei immerhin Nicoles Tittchen und Muschi zu sehen bekam, war der Abend für mich insgesamt eine einzige Enttäuschung gewesen, und so lag ich am darauf folgenden Morgen zunächst noch eine ganze Weile lustlos im Bett herum. Ich hatte gerade mit den Aufräumarbeiten begonnen, als ich plötzlich an der Wohnungstüre ein rasselndes Geräusch vernahm. Gleich darauf stand sie mit ihrem Koffer im Eingangsflur.

»Ma, was machst du denn hier? Wolltest du nicht erst nächste Woche zurückkehren?«

Ihr Gesichtsausdruck verfinsterte sich bedrohlich, als sie ihren Blick durch die Wohnung schweifen ließ. »Wie sieht es denn hier aus?«

»Ma, willkommen zu Hause. Mach dir mal keinen Stress. Gestern gab es hier eine kleine Party und mit dem Putzen und Aufräumen bin ich noch nicht so weit«, versuchte ich sie zu beruhigen.

Sie schaute mich mit einem feindseligen, wütenden Blick an.

»Aus welchem Grund sollte ein Nichtsnutz wie du eine Party geben?«

Das war es mal wieder: Meinen achtzehnten Geburtstag hatte sie offenbar komplett vergessen. Immerhin sah sie ziemlich erholt und um etliche Kilos leichter aus. Und um ganz ehrlich zu sein: Sie schaute sogar recht gut, um nicht zu sagen, sexy aus.

Zügig schritt sie an mir vorbei, um sich einen ersten Eindruck vom Zustand des Wohnzimmers zu machen. Der war in der Tat nicht gut, denn auf dem Boden lagen noch Abfall, Plastikgeschirr, Kippen und Popkorn herum, und auf den Teppichen konnte man Flecken von umgekippten Gläsern erkennen.

Wortlos drehte sie sich zu mir um und schlug mir ankündigungslos mit der flachen Hand schallend ins Gesicht. Eine unsagbare Wut stieg in mir auf, doch bevor ich in irgendeiner Weise darauf reagieren konnte, traf mich bereits ihr nächster Schlag mit voller Wucht.

Noch zwei oder drei Ohrfeigen ließ ich passieren, dann endlich bekam ich ihre Handgelenke zu fassen und drückte sie machtvoll aufs Sofa mitten in die abgefressenen Teller.

Für einen kurzen Augenblick ließ ich von ihr, was sie zu weiteren Schlägen ermunterte, doch sie konnte mich nicht länger irritieren. Mit einer raschen, energischen Bewegung schob ich ihren Rock hoch und im nächsten Augenblick ihren Slip bis unmittelbar oberhalb der Knie herunter, sodass ich zum ersten Mal ihre herrlich dicht bewachsene Scham zu Gesicht bekam. Der Stoff gab ein krachendes Geräusch von sich, als er unter meinen Händen zerriss. Achtlos warf ich das, was von ihrem Slip übrig geblieben war, mitten in den eingedickten Tomatenketchup eines nahe gelegenen Partytellers. Ich werde ihren überraschten und empörten Blick nie vergessen. Sie war so verstört und sprachlos, dass sie ganz vergaß, auf mich weiter einzudreschen. Ein wohliges Gefühl der Macht und des Triumphes breitete sich in mir aus. Es war wunderbar, sie so ängstlich, hilflos und entblößt vor mir liegen zu sehen. Es stimmte also, wovon ich zuvor schon einmal gelesen hatte: Demütig, und damit erträglich, macht man Frauen nur durch Angst.

Es gibt Momente, die dem eigenen Leben von einer Sekunde auf die andere eine neue Richtung geben können, und wonach es kein zurück mehr gibt. Für mich war dies ein solcher Augenblick. Nach Jahren der Unterdrückung und Peinigung erlangte ich unvermittelt die Macht über meine Stiefmutter und damit letztlich über alle Frauen der Welt. Ich war nicht gewillt, sie jemals wieder herzugeben.

»Wenn dich ein Mädchen nervt und anzickt, dann leg ihre Muschi frei, was anderes kapieren die nicht«, hatte mal ein Mitschüler zu mir gemeint. Jetzt erinnerte ich mich seiner Worte.

Mit einem energischen Griff riss ich ihr die Bluse vom Leib, deren Satinstoff dabei nachgab, als handelte es sich um Papier. Dann war ihr BH dran, den ich erst gar nicht mühsam über den Verschluss öffnete, sondern ihr mit einem Griff von den Schalen her vom Busen zerrte, wodurch sie sich leichte Schürfwunden am Oberkörper zuzog. Nur wenige Sekunden später hatte ich ihren Hüfthalter zerfetzt und gleich darauf gingen auch ihre

MUTTER LIEBEN

Strümpfe in Stücke, sodass sie außer ihrem Rock nichts mehr trug.

Mittlerweile hatte ich ihre Oberschenkel ein wenig gespreizt und mich auf ihre beiden Beine gekniet, sodass sie sich nicht mehr frei bewegen konnte, was sie mit einem lauten »Patrick, du tust mir weh« kommentierte. Ich war erzürnt. Konnte sie nicht wenigstens beim Ficken ihre Schnauze halten? Mit einer Hand presste ich ihre Kehle zu und brachte sie zum Schweigen. Stumm und verzweifelt blickte sie mich mit weit aufgerissenen Augen an. Längst hatte sie aufgegeben, auf mich einzuprügeln.

In aller Seelenruhe löste ich ihren Ledergürtel. Schließlich zog ich ihr den Rock herunter, der dabei allerdings ebenfalls stark in Mitleidenschaft gezogen wurde. Nun lag sie endlich völlig nackt vor mir. Sicherheitshalber drückte ich ihr erneut die Kehle zu, denn ihre Schreie wollte ich mir nun wirklich nicht antun.

Sie hatte ihre Fotze gründlich hinter einem dicht gewachsenen dunklen Busch versteckt, was viel geiler aussah als Nicoles fast kindlich wirkender dünner Flaum. Mit meiner freien Hand teilte ich ihre Schamlippen, aber nur, um gleich darauf mit mehreren Fingern tief in ihre Möse einzudringen. Eine sanfte Engelsstimme ganz fern aus meinem Hinterkopf kommend schien mir zu suggerieren: »Komm zu Mutti, komm endlich zu Mutti.«

Als ich meine Finger in ihr vor- und zurückbewegte, stöhnte und quietschte sie durch die geschlossene Kehle hindurch. Gleichzeitig wurde sie klatschnass. Für mich bestätigte sich hierdurch mein bisheriger Eindruck von ihr: Sie war eine billige Schlampe, die selbst dann geil wurde, wenn sie ihr Stiefsohn poppte, Hauptsache es fickte sie überhaupt jemand. Als ich zu ihr aufschaute, weinte sie jedoch hemmungslos. Auch befand sich in ihren Augen kein Groll, sondern eher Angst, Scham und Verzweiflung, sodass ich meinen Griff an ihrer Kehle ein Stück weit lockerte.

»Patrick, bitte bitte tu das nicht!«

Längst drückte mein steil aufgerichteter Schwanz machtvoll gegen den Stoff meiner Jogginghose, was ihr offenbar nicht entgangen war, denn sie blickte genau dorthin. Nun gab es kein zurück mehr, andernfalls hätte ich jeglichen Respekt vor ihr verloren. Ich wusste, dass ich an einem ganz entscheidenden Punkt unseres Verhältnisses angelangt war. Es ging einzig nur noch darum, ob mich diese Stute in Zukunft akzeptierte und jederzeit auf sich reiten ließ, oder ob ich es weiterhin mit einem bockigen Gaul zu tun hätte, der mich bei der erst besten Gelegenheit abwarf und mit den Hufen nach mir trat. ›Sie oder ich‹ war hier die Frage, und die Antwort konnte nur ›ich‹ lauten. »Leg ihre Muschi frei«, schoss es mir noch einmal durch den Kopf. Entschlossen schob ich meine Jogginghose mitsamt Unterwäsche zu den Füßen herunter, und im nächsten Augenblick war ich bereits tief in sie eingedrungen. Spitze Schmerzensschreie entwichen ihrem Mund, was meine Erregung weiter steigerte und mich dazu veranlasste, noch ein Stück tiefer in sie vorzudringen. Sie fühlte sich recht eng an, ganz anders, als ich es nach Nicoles Fotzenempfehlung erwartet hatte, und so kam ich bereits nach wenigen Sekunden das erste Mal, das aber meiner maßlosen Erregung keinerlei Abbruch tat, eher im Gegenteil, denn schlagartig hatte meine Sahne ihre Spalte gut begehbar gemacht. Ab da verspürte ich nur noch Lust: Der vergnügliche Teil unseres Zusammenseins konnte beginnen.

Wie geschmiert bewegte sich mein Schwanz in ihr, als ich in kräftigen Stößen bis unmittelbar vor ihren Muttermund drang. Sie schien jedes Mal auf die Zähne zu beißen, wenn die Spitze meines Schwanzes sie genau dort berührte, was recht häufig geschah. Beim nächsten Kommen wollte ich ihr meinen Samen direkt in den Gebärmutterhals drücken.

Nachdem ich mich in ihrer Fotze sehr schnell und gut zurechtgefunden hatte, nahm ich mir ihre Titten vor. Kräftig biss ich in ihre Zitzen, wie es wohl Säuglinge häufig tun, was mir jedoch als Kind nicht vergönnt war, denn ich musste aufgrund des frühen Tods meiner leiblichen Mutter von Anfang mit dem Fläschchen vorliebnehmen. Umso mehr gab es nun also nachzuholen, was ihr aber offenbar so unangenehm war, dass sie schon bald wieder wie eine wild gewordene Furie auf mich eindrosch. Ein paar feste Schläge mit meinen Fingerknöcheln auf ihre Rippen und Oberschenkel – die blauen Flecke waren noch mindestens zwei Wochen lang zu sehen – machten dem

Spuk ein baldiges Ende. Schluchzend ergab sie sich unter mir. Von da an ließ sie widerstandslos alles mit sich geschehen. Ich war mir in dem Moment sicher, das störrische Pferdchen endgültig bezwungen zu haben, sodass es mir in Zukunft brav gehorchen würde.

Ich brauchte fast eine geschlagene Stunde, um erneut zu kommen. Während des Poppens stellte ich mir vor, wie sich meine Spermien in ihrem Bauch ausbreiteten. Mein Samen gehörte auch nicht in ein Taschentuch verspritzt, sondern in ihren Unterleib, und entsprechend wollte ich sie in Zukunft nutzen.

Ich konnte von den geilen Gefühlen, die das Hin- und Herrutschen meines Schwanzes in ihrer feuchtwarmen Höhle auslöste, überhaupt nicht genug kriegen. Es war der reinste Genuss! Längst hatte ich ihre beiden Ärmchen hinter ihrem Rücken gekreuzt und sie so an den Handgelenken gepackt, dass ich die Arme jederzeit in Richtung Nacken schieben konnte, was ihr unweigerlich große Schmerzen bereitet hätte. Sie wusste es genau, denn sie verhielt sich so gefügig, dass ich sie nur ganz selten damit disziplinieren musste. Meine freie Hand breitete ich derweil locker über ihr Gesicht aus, denn ich wollte auf keinen Fall von ihr angeschaut werden, während ich mich an ihr verging.

Während also eine Hand auf ihrem Gesicht lag, die andere ihre Handgelenke umfasste, und sich meine Lippen an ihrem Hals zu schaffen machten, trieb ich meinen Schwanz erbarmungslos in ihr voran. Ein paar Mal stöhnte sie laut auf und ich denke, sie ist dann auch gekommen, doch das war mir in dem Moment ziemlich egal. Was hätte sie denn auch machen sollen? Verhindern konnte sie ihre Orgasmen jedenfalls nicht. Sie war mir in jeder Hinsicht völlig ausgeliefert.

Als ich mit ihr fertig war, drückte ich ihr meinen Schwanz in den Mund, den sie zwar laut schluchzend, aber dennoch anstandslos säuberte. Abrupt zog ich meine Jogginghose hoch, verstaute mein Trikot darin und machte mich auf den Weg ins Bad. Zu meiner Überraschung fand ich sie anschließend bereits wieder halb angezogen in ihrem Zimmer vor.

»Ma, so haben wir nicht gewettet. Zieh dich sofort wieder aus!«

»Patrick, ich bitte dich!«

Ein flehendes und schluchzendes Häufchen Elend blickte mich mit durchnässten Augen an.

»Ausziehen habe ich gesagt! Ma, hör endlich mit dem Scheiß auf!«

Mir genügten einige wenige Schritte, dann war ich bereits wieder bei ihr und kniff ihr voller Wut in ihre noch immer entblößten Brustwarzen. Sie war darüber so überrascht, dass sie keinerlei Widerstand leistete, als ich sie an ihrer Taille packte und im hohen Bogen bäuchlings auf das Bett warf, selbst dann nicht, als ich ihr einmal mehr den Rock hochschob und den dabei zum Vorschein kommenden frischen Slip zeriss, dessen Überreste ihr wie Blattlaub von den Hüften glitten. Mit einer Hand drückte ich ihre Brustwirbelsäule nieder, stemmte ein Bein auf ihre Oberschenkel, und verpasste ihr eine ordentliche Tracht Prügel auf das Hinterteil, die sie sich redlich verdient hatte. Obwohl ich mich wirklich anstrengte, zeigte sie keinerlei Reaktion, was mich insgeheim mit Freude erfüllte, denn offensichtlich begriff sie sehr schnell, was sich für sie gehörte.

»Warum benimmst du dich so ungezogen? Soll ich dir meinen Schwanz auch noch in den Arsch schieben? Ist es das, was du möchtest?«

»Nein Patrick, bitte sei nicht so zu mir!«

Das hätte sie weiß Gott nicht sagen dürfen, denn damit stand fest, dass ich ihr auch das noch antun musste. Aber mein Schwanz freute sich ohnehin schon auf ihren Arsch, wie ich unschwer feststellen konnte. Ich sah deshalb keinerlei Veranlassung, ihm den Genuss aus sekundären Gründen vorzuenthalten.

Während ich ihr den Rock über die Hüften streifte, schaute sie mich voller Verzweiflung an. Ich ließ mich jedoch nicht weiter beirren. Achtlos hob ich ihre Hüfte an und schob ihr das Kopfkissen unter die Scham. Ich tat all dies so, als hätte ich es bei ihr mit einer Puppe zu tun.

MUTTER LIEBEN

»Schieb deinen Arsch noch mehr in die Luft und leg die Hände vors Gesicht. Ich kann dein Rumstarren auf den Tod nicht aushalten!«

Sie gehorchte aufs Wort. Gleich darauf knallten die ersten, mit einem ihrer ledernen Rockgürtel vollzogenen Peitschenhiebe auf ihren Arsch, ihre Oberschenkel und ihren Rücken nieder. Mir gefielen die rötlichen Striemen, die sich schon bald auf ihrer Haut abzeichneten, und so überlegte ich ernsthaft, ob ich die Behandlung nicht sogleich auf ihre Titten ausweiten sollte. Doch dazu kam ich in dem Augenblick leider nicht mehr, denn mein Schwanz verlangte so intensiv nach der Erfüllung seiner Wünsche, dass er mich bereits bei der Ausübung meiner Schläge zu behindern begann.

Für das, was nun kommen sollte, zog ich mich ebenfalls aus. Minutenlang wechselte ich immer wieder die Position, bis ich endlich die optimale Stellung für einen längeren genussreichen Arschfick gefunden zu haben glaubte. Als ich schließlich in ihre hintere Öffnung eindrang, schrie sie so laut auf, dass man den Eindruck hätte gewinnen können, sie sei gerade öffentlich gepfählt worden.

Sie war an dieser Stelle so wunderbar eng, dass ich unwillkürlich an Nicole denken musste. Kaum hatte mich ihr Arsch vollständig in sich aufgenommen, ließ ich mich nach vorne auf meine Ellenbogen fallen, schob meine Hände unter ihren Busen und kniff ihr energisch in die Knospen. Dann legte ich los. Immer wieder kam mir beim Ficken Nicole in den Sinn. Ich stellte mir vor, wie ich sie mir gefügig machte und so sehr aufweitete, dass sie in Zukunft für mich jederzeit ganz bequem begehbar war, also genau das, was ich gerade mit der hinteren Pforte meiner Stiefmutter tat. Es dauerte nur wenige Minuten, und ich spritzte kraftvoll in ihr ab.

»Wenn ich gleich aus dem Bad komme, gehst du ebenfalls dorthin und machst dich wieder fein. Trag etwas Make-up und Cajal auf und sprüh dir überall Parfum auf, das turnt mich total an. Und dann kommst du so, wie du bist, zu mir. Klar?«

Sie nickte resigniert.

Nachdem sie fertig geschminkt war, rauschte sie wie ein aufgescheuchtes Huhn ins Wohnzimmer, in dem ich es mir in der Zwischenzeit bequem gemacht hatte. Lässig zurückgelehnt fläzte ich mich in meinen vielleicht elegantesten Klamotten auf der Couch, als es wie ein Wasserfall aus ihr heraussprudelte.

»Patrick, was möchtest du denn jetzt noch von mir? War das eben nicht bereits demütigend genug? Mensch Patrick, ich bin deine Mutter! Wie sehr willst du mich heute noch quälen, und für was? Ich verstehe dich beim besten Willen nicht. Du benimmst dich total rätselhaft und überhaupt nicht wie der Sohn, den ich gestern noch zu haben glaubte.«

Belustigt schaute ich sie von oben bis unten an und klopfte dabei leise mit einer Hand auf den Sitzplatz zwischen meinen Beinen.

»Komm, setz dich zu mir. Wir müssen reden. Aber das wolltest du ja scheinbar auch.«

Mit einem Blick des Widerwillens nahm sie zwischen meinen Schenkeln Platz. Als sie sich endlich wieder etwas beruhigt hatte, legte ich meine Hände wie Halbschalen unter ihre Brüste und ließ ihre Titten ein paar Mal auf und ab wippen.

»Entspann dich und sei ganz locker. Du kannst jetzt sowieso nichts mehr ändern. In Zukunft werde ich dich nicht mehr mit Mutter oder Ma anreden, sondern ausschließlich mit Monika, genau so, wie du bereits Patrick zu mir sagst. Du wirst alle Hausarbeiten erledigen und für mein leibliches Wohl sorgen. Wenn ich etwas Bestimmtes zu Essen haben möchte, wirst du es mir holen oder zubereiten, und zwar so gut und schnell, wie es dir möglich ist. Hier in der Wohnung läufst du stets ohne Slip herum. Ansonsten wirst du alle meine sexuellen Gelüste sofort, bedingungslos und vollständig erfüllen, egal worum es sich dabei handelt und wo wir gerade sind. Alkohol ist ab sofort absolut tabu für dich, Selbstbefriedigung natürlich auch. Kapiert? Du weißt, was dir sonst blühen kann, oder?«

Betroffen starrte sie zu Boden.

»Einverstanden?«

MUTTER LIEBEN

Fast unmerklich nickte sie mit dem Kopf. »Was bleibt mir denn auch anderes übrig? Als Mutter hast du sowieso keine Wahl. Ich könnte dich nicht einmal anzeigen, selbst wenn ich wollte. Jeder andere würde das tun, nur eine Mutter eben nicht.«

Manch einer könnte vielleicht meinen, mir wäre es bei meinem Handeln gegenüber meiner Stiefmutter in erster Linie um Rache für die fortwährenden Demütigungen während meiner Kindheit gegangen. Dem war aber nicht so. Ich genoss die Macht über sie, das Gefühl, jederzeit alles mit ihr anstellen zu können, was mir in den Sinn kam. Und diese Macht erhielt ich in der einen alles entscheidenden Sekunde, als ich ihr nach ihrer Rückkehr aus der Kur den Slip herunterriss und die Fotze freilegte, und sie sich dabei nicht als stark, sondern als mir in jeder Hinsicht unterlegen erwies. Der Grund dafür war sexueller Natur, wie mir im Laufe der Zeit immer mehr bewusst wurde.

Sie hatte so lange die Kontrolle über mich, wie sie die Sexualität aus unserer Beziehung heraushalten konnte. Doch kaum waren ihre Hüllen gefallen, erkannte ich, dass sie nicht nur verwundbar, sondern bereits verwundet war. Dort, wo sich bei mir mein Schwanz erhob, hatte sie lediglich eine Körperöffnung vorzuweisen, in die man jederzeit eindringen konnte. Sie war ab diesem Zeitpunkt für mich nur noch ein minderes Wesen, dessen einziger Zweck darin bestand, meinen Gelüsten zu dienen, was sich gewissermaßen auch auf alle anderen Frauen übertrug. Auch die waren nur Fotzen.

Ich wollte mich deshalb auch nicht so sehr an ihr rächen, sondern sie beherrschen und benutzen und dabei immer und immer wieder in sie eindringen und von ihr Besitz ergreifen.

Es dürfte müßig sein, im Nachhinein darüber zu spekulieren, wie mein Leben wohl verlaufen wäre, wenn sie mich als Kind so behandelt hätte, wie es sich für eine gute Mutter eigentlich gehört. Vielleicht wäre ich heute längst verheiratet, hätte ein paar Kinder, und ginge mit meiner Familie regelmäßig jeden Sonntag in die Kirche. Wer weiß. So aber hatte sie mich zu jemandem gemacht, für den Frauen reine Öffnungen waren, in die es möglichst oft und vielfältig einzudringen galt.

Da es mir nicht um Rache, sondern um das süße Gefühl der Macht und Kontrolle über Menschen ging, verlangte mein tief verunsichertes Ego immer mehr. Jede Frau, die meinen Weg kreuzte und mich in irgendeiner Weise respektlos behandelte oder gar beleidigte, löste in mir den fast unstillbaren Wunsch aus, sie baldmöglichst zu unterwerfen und sie in jeder erdenklichen Form sexuell zu nutzen. Denn eins hatte ich gelernt: Blieb die Sexualität in meiner Beziehung zu Frauen außen vor, waren sie in der Lage, mich nach Belieben zu beherrschen und zu demütigen. Sie hatten dann Macht über mich. Steckte jedoch mein Schwanz in einer ihrer Öffnungen, kehrte sich das Verhältnis sofort um. Sie tanzten dann im wahrsten Sinne des Wortes nach meiner Pfeife. Einen Mittelweg schien es nicht zu geben.

Mein Problem war, dass ich ein Verlangen besaß, das sich nicht wirklich stillen ließ. Ich hätte Monika die Klitoris herausschneiden können, eine Woche darauf wären garantiert ihre Zitzen dran gewesen. Mir wurde klar, dass ich auf diese Weise nie genug bekommen würde. »Wenn Qualitätssteigerungen keinen Sinn mehr machen, kann nur zusätzliche Quantität weiterhelfen«, sagte ich zu mir.

Ich brauchte deshalb neben Monika unbedingt weitere regelmäßig benutzbare Fotzen. Glücklicherweise tat sich schon bald eine auf.

Nach dem Realschulabschluss begann ich eine Lehre in einem größeren, auf USA- und Fernostreisen spezialisierten Reisebüro, dessen Inhaberin und Chefin Helga – eine stets elegant gekleidete Mittvierzigerin – mich mit jeder ihrer Gesten wissen ließ, wer in ihrem Geschäft das Sagen hatte, und dass es von ihrer Seite ohnehin schon ein riesengroßes Entgegenkommen war, mich bei ihr arbeiten zu lassen. Für sie war ich ein kleiner Wicht, ein Nichts.

Sie verstand es immer wieder, mich mit kleinsten Bemerkungen und mitunter auch offenem Tadel zu demütigen und mich ihre Arroganz spüren zu lassen. Aber all dies war mir in den vielen gemeinsamen Jahren mit Monika ohnehin längst vertraut, sodass es mir nicht sonderlich schwer fiel, meine Stiefmutter auch für die mir von Helga zugefügten Erniedrigungen verantwortlich zu machen. Noch während der Arbeit überlegte ich mir, was ich am Abend mit ihr anstellen könnte.

Manchmal ließ ich sie dann zunächst das Essen zubereiten und nur für mich servieren, während es für sie lediglich einen leeren Teller gab. Anschließend fickte ich sie in den Mund, wobei ich ihr eröffnete, dass mein Samen heute Abend ihre

MUTTER LIEBEN

einzige Nahrung sei, und sie sich bei aufkommendem Hunger an meinen Schwanz wenden sollte, was sie dann auch stets ausgesprochen gierig tat.

Aber unabhängig davon bot sich natürlich auch Helga als reizvolles Opfer an, der man meiner Meinung nach regelmäßig den Arsch füllen sollte. Wenn sie sich bei irgendeiner Gelegenheit einmal mit mir unterhielt, was eher selten vorkam, da ich – wie ich schon sagte – für sie ein völlig belangloses Männlein war, stellte ich sie mir vorzugsweise mit einem riesengroßen Plug in ihrem Hintern vor, den sich einzuführen ich ihr aufgetragen hatte, damit sie am Abend stets ausreichend vorgedehnt war, wenn ich mich ihrer bediente. Und wenn sie wieder einmal ganz besonders arrogant und verletzend war, dann summte ich innerlich vor mich hin: »Baby, baby, I'm watching you.« Keine Frage, sie stand auf meiner Liste. Unser Verhältnis hätte man vielleicht am besten mit dem einer Dompteuse zu einem von ihr in Ketten gehaltenen Raubtier vergleichen können. Nur ein einziger Fehler, eine unbedachte Handlung von ihr, und es war um sie geschehen.

Die große Wende kam an einem Montagmorgen in Person einer sehr elegant gekleideten, etwa 50-jährigen Frau namens Helena, die sich für eine vierwöchige Reise durch die USA interessierte. Auf dem Programm sollten die üblichen Sehenswürdigkeiten wie New York, die Niagarafälle, der Yellowstone National Park, San Francisco, Florida, New Orleans usw. stehen. Geplant war die Reise für den Herbst. Eine Begleitung war nicht vorgesehen, denn Helena beabsichtigte ganz allein zu reisen, was ich sehr aufschlussreich fand.

Die eigentliche Beratung führte eine Kollegin. Ich hatte die Kundin lediglich mit Kaffee, Keksen und Prospekten zu versorgen.

Leider verhielt ich mich ein wenig ungeschickt, und so bekam sie bereits die allererste Tasse Kaffee mit einem leichten Fußbad serviert. Sie reagierte ausgesprochen unwirsch: »Also, wenn du nicht einmal weißt, wie man eine Tasse Kaffee serviert …« waren in etwa ihre Worte. Interessanterweise duzte sie mich von Anbeginn an.

Dazu warf sie mir einen kurzen abweisenden und ausgesprochen missmutigen Blick zu. Wenig später verlangte sie eine zweite Tasse Kaffee, die ich ihr – ohne es ausdrücklich beabsichtigt zu haben – in gleicher Weise vorsetzte. Das brachte sie restlos gegen mich auf.

Äußerst empört rief sie Helga zu, dass ihr Lehrling wohl noch sehr viel Grundsätzliches zu lernen habe, bevor er auf die Kundschaft losgelassen werden könnte. Die beiden Ladys kannten sich also auch privat.

Für mich stand damit augenblicklich fest, dass sie es sein sollte. Sie würde meine allererste Zweitfotze werden, der all das, was ich bei Monika gelernt hatte, zuteilwerden sollte.

Ich war ohnehin längst an einer Übungsfotze interessiert, bei der ich auch einmal ganz neue Dinge ausprobieren konnte, für die mir Monika als Erstobjekt aktuell noch viel zu schade war, schließlich konnte immer mal etwas schief gehen. In einem solchen Fall hätte ich sie einfach abgestoßen, was bei Monika aus naheliegenden Gründen nicht möglich war.

Nachdem sie gegangen war, trug man mir auf, die Datenbankeinträge zu aktualisieren. Ich notierte mir ihren Namen und ihre Adresse. Mit meinen PC-Kenntnissen waren die Pussies – unter den Mitarbeitern des Reisebüros war ich der einzige Schwanzträger – allgemein sehr zufrieden, sodass sie mir solche Arbeiten liebend gerne überließen.

Noch am gleichen Abend fuhr ich mit dem Fahrrad in der Dunkelheit bei Helena vorbei. Für etwa zwei Stunden legte ich mich in der Nähe auf die Lauer und beobachtete ihr Haus, das von einem großen Garten umgeben war. Wie mir schien, wohnte sie ganz allein darin. Schließlich sah ich sie flüchtig im ersten Stock hantieren, als sie wohl etwas in der Küche erledigte. Dass sie sich in einem recht niedrigen Stockwerk bewegte, schien die Sache einfacher zu machen.

Wenig später öffnete sie die Balkontüre einen Spalt weit, damit – so vermutete ich jedenfalls – ihre Küche in der Nacht gut durchlüftet wurde.

Bereits am nächsten Abend stand ich gegen 23 Uhr wieder vor ihrem Haus. Über einen kleinen Mauervorsprung hangelte

MUTTER LIEBEN

ich mich fast mühelos zu ihrem Balkon hinauf, zog mir noch schnell einen Damenstrumpf über das Gesicht und trat in ihre Wohnung ein. Sie hatte es nicht anders gewollt.

Auf Zehenspitzen bewegte ich mich in ihrer Wohnung fast lautlos voran. Schon nach kurzer Zeit fand ich sie schlafend in ihrem Bett liegen.

Leise und unbemerkt schlich ich mich an sie heran und stopfte ihr blitzschnell ein Stück Stoff in den Mund. Ihre Augen verbarg ich hinter einem breiten schwarzen Stirnband. Der mir von ihr entgegengebrachte Widerstand war wahrlich nicht von schlechten Eltern, doch gegen meine überlegenen Körperkräfte hatte sie letztlich nicht die Spur einer Chance.

Von Anbeginn an machte ich ihr durch gelegentliche Griffe an ihre Titten und die Fotze unmissverständlich klar, dass ich weder an Geld noch an sonstigen Wertgegenständen interessiert war, sondern ausschließlich an ihrem Körper. Den wollte ich dafür jedoch ganz und gar haben und vor allem auch nackt. Mit einem kräftigen Ruck riss ich ihr Nachthemd in Stücke, bis ihre Titten verloren aus den Stofffetzen herauslugten. Sie versuchte unwillkürlich ihre plötzliche Blöße mit den Händen zu bedecken, doch zwei, drei kräftige Ohrfeigen und ein andauerndes festes und wohl auch recht schmerzhaftes Zwirbeln ihrer Zitzen machte dem Spuk ein baldiges Ende. Sie war eine kluge Frau, die recht schnell begriff, dass weiterer Widerstand zwecklos war. Artig fügte sie sich meiner Gewalt über sie. Ohne weitere Gegenwehr ließ sie sich auf den Bauch drehen, um sich von mir in aller Ruhe die Handgelenke mit Klebeband fesseln zu lassen, und zwar so, dass sie ihre Hände in der Rückenlage bequem unter den Nacken legen konnte. Ich mochte es sehr, wenn sich Frauen mir in solcher Weise präsentierten. Sie wirkten dann ganz besonders hilflos, offen und verletzlich. Außerdem erlaubte mir die Position einen völlig ungehinderten Zugang zu ihren Brüsten und Achseln. Letztere hatten es mir mit ihrer Zartheit ganz besonders angetan. Ich bildete mir manchmal ein, in den Achseln einer Frau wohne deren Seele. In meinen Tagträumen stellte ich mir gelegentlich vor, ich sei ein König, dem jede Jungfrau seines Herrschaftsgebiets auszuhändigen war. Wie ein Stück Vieh wurde sie nackt und mit gestreckten Armen an der Decke aufgehangen. Mein Spiel bestand nun darin, die

Bullenpeitsche mehrfach so präzise zu platzieren, dass sich das Leder tief in die Haut ihres oberen Brustbereichs und ihrer zarten Achseln grub. Von dort schlang es sich weiter in ihre Rückenpartie. Auf diese Weise würde ich mich ein für alle Mal in ihre Seele einbrennen, sodass sie für alle Zeiten mir gehörte und mir hörig und gefügig diente. Ich bedauerte es sehr, dass die Welt nicht so war, wie ich sie mir in meinen Träumen schuf.

Vorsichtig nahm ich Helena den Stoff aus dem Mund, ließ aber sicherheitshalber eine Hand in unmittelbarer Nähe ihrer Lippen, um jeden Schreiversuch sofort im Keim ersticken zu können. Sie machte jedoch keinerlei Anstalten, sich zu wehren oder gar um Hilfe zu rufen. Stattdessen flüsterte sie mir zu: »Ich muss mal, darf ich ins Bad?« Ich war mir ziemlich sicher, dass sie ab jetzt keine weiteren Schwierigkeiten mehr machen würde, und legte meinen Gesichtsstrumpf ab.

Im Bad setzte ich sie behutsam auf die Toilettenschüssel ab, drehte den Wasserhahn auf und und begann mit zwei Fingern ihre Vulva zu stimulieren. Als es schließlich bei ihr lief, hielt ich meine Finger in ihren warmen Strahl und benetzte damit ihre Öffnung. Zu gerne hätte ich ihren Gesichtsausdruck gesehen und gewusst, ob sie rot anlief, doch leider konnte ich in der Dunkelheit und im Schutze ihrer Augenmaske nichts erkennen. Als sie mit dem Pinkeln fertig war, meinte sie durchaus freundlich: »Nimm bitte etwas Toilettenpapier und mach mich trocken, ja?« Und gleich darauf: »Auf dem Fensterbrett stehen verschiedene Parfums. Nimm bitte das äußerst rechte und sprühe mich überall dort ein, wo du es gerne hast. Das würde mir etwas mehr Sicherheit geben.«

Einen solchen Wunsch konnte und wollte ich ihr nicht abschlagen, denn ich liebte es, wenn Frauen gut riechen. Ich sprühte sie von Kopf bis Fuß ein.

Im Bett gab sie sich mir restlos hin. Ihre Weichheit und Weiblichkeit war hinreißend. Nachdem ich das erste Mal in ihr gekommen war, befreite ich sie von ihren Fesseln, und wir liebten uns in der Folge drei weitere Male völlig ungezwungen. Während ich meinen Liebessaft in sie hineinpumpte, küsste sie mich stets äußerst liebevoll auf den Mund. Was den Sex anging, schien sie wie ausgehungert zu sein, als wenn sie nach Liebe dürstete. Zärtlich schlang sie ihre Arme um mich, drückte mir ihren Busen entgegen und schob ihre Vulva in Richtung meiner Schwanzwurzel. Sonderbarerweise wirkte ihre Muschi viel trainierter als Monikas, und sie war auch enger gebaut. Wenn ich in ihr war, saugte sie kraftvoll und pulsierend an meinem Schwanz. Hätte ich nicht immer wieder rechtzeitig gegengesteuert, wäre ich von ihr ohne jede Eigenbewegung bis auf den letzten Tropfen ausgesaugt worden. Als ich mich schließlich nach einem weiteren Erguss ermattet neben sie legte, beugte sie sich über mich, führte meinen Schwanz in ihren Mund ein und blies ihn erneut zu voller Größe steif. Es war wundervoll, wie kunstvoll sie auch dabei mit ihm umzugehen verstand. Zärtlich spielte sie mit ihrer Zunge an meinem Bändchen, umschlang mehrmals mit ihren feuchten Lippen die voluminöse Eichel, um sich dann an meinen sehr langen und umfangreichen Schaft heranzuwagen, den sie fast vollständig in ihrem Mund verschwinden ließ. Ihre Hand umklammerte ihn knapp oberhalb der Peniswurzel.

Kaum hatte sie ihn möglichst weit aufgenommen, gab sie ihn wieder frei und wiederholte das Spiel. Bei jedem Versuch verschwand mein Schwanz ein Stück mehr in ihrem Mund, bis ich meine Penisspitze weit jenseits ihres Gaumens tief in ihrer Kehle verspürte. Das Gefühl war dermaßen erregend, dass ich schon bald meinen Samen laut stöhnend und in kräftigen Schüben direkt in ihren Schlund pumpte. Sie musste nicht einmal mehr schlucken, um meine Säfte in sich aufzunehmen. Alles wurde direkt von der Quelle dorthin geliefert, wo es hingehörte.

Bevor ich ging, fesselte ich ihre Fußknöchel noch mit Klebeband und legte sie auf den Bauch. So konnte ich mir sicher sein, dass sie sich zwar leicht selbst befreien, mir jedoch nicht allzu schnell folgen konnte, von einem denkbaren Anruf bei den Bullen einmal ganz zu schweigen. Auch klebte ich ihr die Fotze zu. In meiner Vorstellung sah ich meinen Samen noch stundenlang in ihr verweilen. Auch hoffte ich, dass es sie schmerzte, wenn sie das Klebeband später wieder entfernte.

Ich stand auf, zog mich an, sammelte meine diversen Utensilien zusammen, und verschwand genauso schnell über den Balkon, wie ich gekommen war. Auf dem Fahrrad schrie ich mein Glück, eine Zweitficke gefunden zu haben, in die Welt hinaus.

Als ich gegen drei Uhr in der Frühe nach Hause kam, empfing mich Monika bereits in der Türe. Angeblich habe sie sich Sorgen um mich gemacht. Mit einigen kräftigen Ohrfeigen drängte ich sie umgehend ins Bett, um mich über sie herzumachen, allerdings ohne dabei zu kommen, denn das ging – so ausgelutscht, wie ich in der Zwischenzeit war – nun wirklich nicht mehr. Schon bald bemerkte sie Helenas Geruch an mir: »Du Schuft warst bei einer anderen!«

»Monika, das geht dich nun wirklich überhaupt nichts an. Ich kann so viele Weiber haben und ficken, wie es mir beliebt. Du dagegen bist eine Fotze, eine Öffnung, in die zu einer Zeit immer nur ein Schlüssel passt, in deinem Fall meiner, vergiss das bitte nie! Das ist das Los der Fotzen. Wehe ich bekomme mit, dass du etwas mit anderen Kerlen hast!«

»Was ist dann?«

»Dann passiert das!« Ich kniff so fest ich konnte in ihre Nippel. Sie wimmerte vor Schmerzen.

»Aber nicht nur so kurz wie jetzt, sondern die ganze Nacht hindurch. Aber vielleicht stehst du ja auf Schmerzen. Man könnte es glatt meinen.«

Heulend lag sie neben mir. Ich schob die Bettdecke beiseite, spreizte ihre Beine und betrachtete ihre leicht geweitete Spalte, in der ich mich wenige Minuten zuvor noch ausgiebig vergnügt hatte. Beiläufig schob ich zwei oder drei Finger in sie hinein, als handelte es sich bei ihr um ein Plastikspielzeug, deren Funktionen ich ausprobieren wollte. Unbeirrt flennte sie weiter vor sich hin. »Leg ihre Fotze frei«, ging es mir einmal mehr durch den Kopf.

»Patrick, du bist gemein. Warum entwürdigst du mich so?«

»Monika, ich behandele dich nur so, wie es dir zusteht. Für mich bist du eine Fotze, mehr nicht. Und für etwas anderes als zum Ficken bist du sowieso nicht zu gebrauchen. Also beklag dich nicht bei mir.«

MUTTER LIEBEN

Ihr Schluchzen verstärkte sich so sehr, sodass ich gezwungen war, ihr eine weitere schallende Ohrfeige zu verpassen. »Schluss mit dem Theater! Wenn ich so etwas haben will, gehe ich ins Kino oder ins Schauspielhaus. Hör endlich damit auf! Merkst du nicht, dass du nervst?«

In den nächsten Tagen und Wochen stattete ich Helenas Wohngegend mehrere Besuche ab, um die nähere Umgebung, ihr Haus und vor allem auch sie heimlich zu beobachten. So fiel mir auf, dass sie die Türe zu ihrem Balkon trotz meines erst kürzlichen nächtlichen Besuches noch immer leicht aufstehen ließ. Somit wäre es ein Leichtes gewesen, sie erneut aufzusuchen, doch genau das wagte ich zunächst nicht, denn bei ihrem Verhalten konnte es sich um eine Falle handeln. Mehrere Tage lang suchte ich deshalb die unmittelbare Umgebung penibel nach Hinweisen auf Bullenautos oder Privatschnüffler ab, denn ich wollte auf keinen Fall in der Wohnung in Empfang genommen werden.

Doch schon bald siegten Sehnsucht und Geilheit über die reine Vernunft. Knapp drei Wochen nach unserem ersten Stelldichein stieg ich erneut bei ihr ein, um sie ein weiteres Mal zu vergewaltigen. Zu meiner Verwunderung war sie mindestens genauso anschmiegsam und leidenschaftlich wie bei unserem ersten Zusammensein. Wieder schien sie regelrecht nach Liebe und Sex zu dürsten.

Dreimal saugte sie mich mit ihrer durchtrainierten Vaginalmuskulatur aus, ein viertes Mal spritzte ich in ihren Mund, und schließlich nahm ich sie auch noch von hinten. Unmittelbar davor peitschte ich ihre Titten, Fotze und Oberschenkel mit dem Ledergürtel. Auch das ließ sie fügsam und äußerst willig über sich ergehen. Ich war mir sicher, dass man die Peitschenspuren noch tagelang auf ihrer Haut sehen könnte.

Als ich gerade gehen wollte, flüsterte sie mir ins Ohr: »Ich weiß zwar nicht, wie du aussiehst und wie du heißt, aber du bist bei mir stets willkommen. Du musst keine Angst vor einer Verfolgung haben. Komm einfach vorbei und nimm mich, wie immer du es magst. Ich stehe dir zur Verfügung.«

In den darauf folgenden Tagen ging es mir richtig gut. Es war ein absolut geiles Gefühl, neben Monika eine zweite Ficke zu haben, mit der ich jederzeit alles machen konnte!

Ich ging sogar ausgesprochen gerne zur Arbeit, freute mich schon morgens auf meine Kolleginnen und selbst auf meine Chefin, wenngleich ich weiterhin der Meinung war, dass die Alte bei der nächstbesten Gelegenheit einmal so richtig Rambomäßig durchgevögelt gehörte. Ich sah mich dabei zunehmend in der Rolle des Vollstreckers, denn die meisten Männer kamen mir in der Zwischenzeit eher wie domestizierte Haustiere vor, die an der Kette ihrer Herrinnen hingen.

Eine meiner ersten Anschaffungen, die ich mit meinem Lehrlingsgehalt gemacht hatte, war ein PC mit Internetanschluss, den ich per Ratenvertrag kaufte. Wenn ich allein zu Hause war, surfte ich nicht selten im Web und schaute mir Sex-Seiten an, wobei mich vor allem die Themen Sadomaso, Spanking, Stuten, Sklavinnen, Cumshots, Dominanz und Unterwerfung und Ähnliches interessierten, über die ich möglichst viel in Erfahrung zu bringen versuchte. Bereits nach wenigen Wochen kam ich mir – was die optimale und artgerechte Behandlung von Frauen anging – als ausgesprochener Experte vor.

Da ich mich noch in der Lehre befand, hatte ich nur ganz selten das Vergnügen, die Kunden direkt zu bedienen. Zu den Stoßzeiten ließ man mich allerdings recht häufig die Erstberatung durchführen oder wichtige Vorarbeiten erledigen, bevor eine der Festangestellten den Fall übernahm. Vorsichtig geschätzt hatte nach meiner Einschätzung bei mehr als achtzig Prozent aller Paare eindeutig »Sie« das Sagen. Wenn ich so etwas feststellte, sprach ich in der Folge nur noch sie an und ignorierte das neben ihr sitzende Hampelmännchen rigoros. Wozu sollte ich einem solchen Weichei auch mehr Aufmerksamkeit schenken, als ihm zustand, schließlich fällte sie die Entscheidungen ganz alleine?

Gleichzeitig begann ich mit ihr ein Spielchen zu spielen, das im Wesentlichen darin bestand, sie mit Blicken zu unterwerfen. Dazu schaute ich ihr möglichst anhaltend und intensiv in die Augen. Wer zuerst wegsah, hatte verloren.

Bis auf eine einzige Ausnahme – eine Frau, die ohne Begleitung kam – hatte ich nach ganz kurzer Zeit alle

Kundinnen dort, wo ich sie hin haben wollte, und wo sie meiner Meinung nach auch hingehörten. In ihrer Wohnung hätten wir direkt zum Ficken übergehen können. Ich stellte mir innerlich vor, wie ich ihren Ehemann knebelte und an den Heizkörper fesselte, um mich schließlich eingehend mit seiner Frau zu beschäftigen. Meist sah das so aus, dass ich ihr die Kleider vom Leib riss, sie zu Boden drückte und ihr meinen Schwanz mit einer solchen Gewalt in den Bauch rammte, dass sie nur noch hilflos strampeln und quieken konnte. Und mit solchen Gedanken schaute ich ihr dann direkt und intensiv in die Augen. Ich denke, die allermeisten Frauen verstanden sehr genau, was da gerade in meinem Kopf und zwischen ihr und mir abging. Einige liefen gar rot an, um in der Folge mit gesenktem Blick vor mir zu sitzen. Interessanterweise waren das in der Regel genau die Frauen, die in den nächsten Tagen wiederkamen, um sich noch einmal eingehender von mir beraten zu lassen.

Und so saß ich dann an einem wirklich wunderschönen Sonnentag an einem Straßentisch eines in der Nähe des Reisebüros gelegenen Thai-Restaurants und ließ noch einmal genüsslich die Erlebnisse des Vormittags – die ja im Grunde lediglich in meiner Vorstellung existierten – Revue passieren. Nicht dass ich mir etwas aus der Thai-Küche machte, doch ich fand die Mädchen geil. Zu gerne hätte ich denen mal meinen Schwanz vorgeführt und in ihre entsetzten, möglicherweise aber auch faszinierten Augen geschaut. Irgendetwas sagte mir, die würden trotz ihrer Zartheit nicht so leicht kneifen, wie es Nicole getan hatte. Die wussten nämlich ganz genau, wie sie sich als Frauen zu verhalten hatten, selbst wenn sie danach drei Tage lang nicht mehr gescheit gehen könnten.

An diesem Tag hatte ich nachmittags frei und konnte es ganz ruhig angehen lassen, denn Monika würde erst am Abend von der Arbeit nach Hause kommen. Ich hatte also noch genügend Zeit, mir über die ihr zuzufügenden Torturen Gedanken zu machen. Eins war klar: Der heutige Tag war sehr warm und würde es auch in der Nacht noch bleiben: eine ideale Gelegenheit, sie mal wieder für einen ganzen Abend nackt zu halten.

Während ich also noch darüber nachdachte, wie sie mir zum Beispiel immer wieder die Fotze vorführen muss, um darin ein paar Finger oder auch den Schwanz verschwinden zu lassen, da sehe ich doch plötzlich meine heimliche Traumfrau Nicole den Bürgersteig entlang schweben.

»Hi Nicole, was geht ab?«

»Patrick! Was machst du denn hier?«

»Ich arbeite ganz in der Nähe. Heute Nachmittag habe ich jedoch frei. Ja und nun chille ich hier ab, siehst du ja. Darf ich dich zu einem Cocktail einladen? Die können das echt gut hier.«

»Ehrlich? Warum eigentlich nicht? Danke!«

Nicole entschied sich für einen Mai Thai, ich für einen weiteren Mojito.

Kaum hatte sie den ersten Schluck genommen, sprudelte es aus ihr wie ein Wasserfall heraus. Sie redete und redete, so wie es eigentlich nur Frauen können. Seltsam, dass diese wunderschönen Geschöpfe dabei nie von selbst auf den Gedanken kamen, auch solches Verhalten könnte eine Form von Dominanz sein. Es waren jedenfalls gerade erst einmal zehn Minuten vergangen, da stand für mich unwiderruflich fest: Heute war sie dran.

Sie erzählte davon, dass sie in der Schule seit einiger Zeit in einer AG Schauspiel mitarbeite, was ihr riesengroßes Vergnügen bereite. Der einzige Gedanke, der mir dazu einfiel, war, dass die Schlampe das nur machte, um uns Jungs noch perfekter etwas vorgaukeln und das Geld aus der Tasche ziehen zu können. Sie war so sehr mit der Beschreibung verschiedener Belanglosigkeiten aus ihrem jetzt ach so tollen Leben beschäftigt, dass sie gar nicht merkte, wie ihr zwischenzeitlich ein weiterer Mai Thai serviert wurde.

Wie gebannt hing ich an ihren Lippen, was ihren Redeschwall nur weiter verstärkte, denn schließlich fühlte sie sich durch mein offenkundiges Interesse geschmeichelt. Allerdings wusste sie ja auch nicht, dass es mir überhaupt nicht auf ihre Worte ankam, sondern nur darauf, was mein Schwanz mit ihrem Mund alles anstellen könnte, und wie man ihn stopfen und zum Schweigen bringen konnte.

Meine imaginäre Eichel befand sich gerade wieder einmal auf halbem Wege zwischen ihrem Kehlkopf und Magen, also sie plötzlich abrupt innehielt und irritiert – dabei leicht lallend – fragte:

»Sag mal, hörst du mir überhaupt noch zu?«

Mir war sofort klar, dass dies der Moment war, an dem ich nun endlich aktiv werden sollte.

»Ja klar höre ich dir noch zu. Das ist auch alles sehr interessant, wenngleich sich bei mir langsam aber sicher die Cocktails bemerkbar machen. Immerhin sitze ich hier schon etwas länger als du und habe dementsprechend ein Paar Gläser mehr intus. Wenn ich für eine Sekunde abwesend gewirkt haben sollte, dann lag das nicht daran, dass mich deine Schilderungen nicht interessierten, sondern am Alkohol. Solltest du einen anderen Eindruck gehabt haben, dann möchte ich mich bei dir dafür entschuldigen. Ach eine Frage bei der Gelegenheit: Bist du noch im Business?«

»Du meinst, ob ich mich manchmal noch immer gegen Geld ficken lasse?«

»Oder so!«

»Ja klar, jeder muss schauen, wo er bleibt. Und für mich gehört Ficken einfach dazu. Aber warum fragst du?«

Nun war ihr Lallen wirklich nicht mehr zu überhören.

»Ach weißt du, du wirkst gerade sehr entspannt. Und da dachte ich, wir könnten doch noch einmal probieren, ob ich meinen Schwanz bei dir hineinbekomme. Genügend Erfahrung mit anderen Frauen habe ich in der Zwischenzeit gesammelt und beschwert hat sich weiß Gott noch keine, ganz im Gegenteil.

Wie wäre es mit 100 Euro für fünfzehn Minuten? Wenn ich ganz sanft vorgehe, brauchen wir bestimmt allein schon zehn, um ihn halbwegs in dich hineinzukriegen. Fürs Ficken blieben dann nur noch fünf. Und in Top-Form bin ich mit meinem Alkoholpegel jetzt auch nicht mehr. Das scheint mir ein faires Angebot zu sein, oder?«

Nicole überlegte einen Augenblick.

»Und wo?«

»Bei mir zu Hause. Meine Ma ist erst gegen Abend wieder daheim, und bis dahin habe ich sturmfreie Bude.«

»Okay, einverstanden. Aber wenn ich Stopp sage, ziehst du ihn gleich wieder raus und alles ist vorbei.«

»Ne ne, so haben wir nicht gewettet, Nicole. Für zehn Euro vielleicht, aber nicht für 100. Ich kann dir versprechen, dann nicht weiter in dich einzudringen. Allerdings erwarte ich, dass du mich dennoch zu Ende kommen lässt. Bei hundert Euro reden wir über keine Klein-Mädchen-Nummer mehr, sondern über eine von Profis, und entsprechend solltest du dich verhalten.«

Nicole wirkte äußerst unschlüssig. Offenbar hatte sie noch eine sehr gute Vorstellung davon, welche Ausmaße auf sie zukommen könnten. Doch irgendwann siegten dann doch die

Gier und vielleicht auch ein wenig der Alkohol, der sie leichtsinnig machte.

»Einverstanden. Dann lass uns jetzt gleich gehen, bevor ich es mir noch anders überlege.«

Zu Hause angekommen fand sie sogleich den Weg ins Bad und von dort in mein Zimmer. Es war verblüffend, wie selbstverständlich sie mit Nacktheit umging, denn als ich ebenfalls aus dem Bad zurückkam, kramte sie schon völlig entblößt in meiner CD-Sammlung, um sich eine geeignete musikalische Untermalung für den bevorstehenden Fick auszusuchen. Zärtlich streichelte ich ihren Rücken, ihren Po und schließlich ihre Zitzen, wobei sie stets so wirkte, als sei ihre völlige Nacktheit das Normalste von der Welt. Ich mochte nicht ausschließen, dass sie es auch von zu Hause aus gewohnt war, immer mal wieder ganz entblößt zu sein. Von dieser geradezu provozierenden Offenheit war Monika noch ein ganzes Stück entfernt.

Als ich genug gesehen und gespielt hatte, zog ich mich ebenfalls aus und stellte mich seitlich hinter sie. Dort ließ ich sie mit der Hand nach meinem Schwanz greifen, der dadurch sofort zu voller Größe anschwoll. Fast ungläubig starrte sie auf das riesengroße und bereits leicht zuckende Stück, das sich in ihrer Hand befand. Ihre Gesichtszüge nahmen wieder diesen sonderbar abwesenden Ausdruck an, den ich noch von unserem ersten Date her kannte. Es war zu offensichtlich, dass sie es angesichts des Feindes längst mit der Angst zu tun bekommen hatte.

»Also nee, ich weiß ja nicht. Kannst du dir das Monstrum nicht mal kürzen lassen. Kleiner machen soll angeblich kein Problem sein.«

»Danke für den Hinweis. Ich werde es mir überlegen, Nicole. Zurzeit ist mein Schwanz aber noch so, wie er ist, nämlich lang und dick. Und deshalb wird er gleich so, wie er ist – nämlich lang und groß – in deiner Muschi verschwinden. Wir hatten das gerade eben so vereinbart, du erinnerst dich noch?«

»Pah!«

Keine Frage: Sie spielte mit mir. Sie wollte mich mit ihrer demonstrativ vorgetragenen Abneigung und Unlust zur Aufgabe zwingen. Mein Schwanz sollte schlappmachen, sodass sie hätte sagen können: »Schau mal, Patrick, ich war für dich bereit, habe dir meine Muschi hingehalten, doch du hast versagt, hast keinen hochbekommen, du Schlappschwanz, und deshalb konnte er auch nicht passen. Der vereinbarte Lohn steht mir als Nutte aber dennoch in voller Höhe zu.«

Sie war eine grandiose Schauspielerin und geborene Hure, wozu brauchte sie also noch Unterricht?

Ihr Pech war, dass ich für solche Mätzchen überhaupt nicht empfänglich war. Ganz im Gegenteil, sie regten mich regelrecht an. Ich fand es in meiner Vorstellung schon immer geil, eine Frau zu ficken, die gar nicht wollte. Meinetwegen hätte sie dabei auch mit ihrem Freund telefonieren können. Mein Vergnügen hätte sich dadurch nicht gemindert, ganz im Gegenteil.

Betont lässig legte sie sich aufs Bett, spreizte die Beine und meinte mit einer an Angeödetsein kaum mehr zu überbietenden Stimme:

»Na, wenn's denn unbedingt sein muss.«

Das ließ ich mir natürlich nicht zweimal sagen und schob meine Eichel sachte in sie hinein.

Es war keine einfache Sache, denn schon bald verspürte Nicole leichte Schmerzen. Millimeterweise arbeitete ich mich in ihr voran, immer wieder sanft stoßend, kurz innehaltend und dann zurücknehmend. Bei ungefähr zwei Dritteln meines Schwanzes war dann aber endgültig Schluss.

»Sorry, Patrick, mehr geht wirklich nicht. Ich habe mittlerweile eh genug davon.«

Sie hatte genug davon? Was bildete sich die dumme Gans bloß ein? Nur weil sie eine Fotze besaß, hieß das noch lange nicht, dass sie mit mir umspringen konnte, wie sie wollte. Eine rasende Wut stieg in mir auf. Ich schob eine Hand unter ihren Nacken, mit der anderen bedeckte ich ihr loses Mundwerk, und dann stieß ich ein paar Mal kräftig zu.

Ich konnte förmlich spüren, wie sich ihre Muschi unter meinen Stößen weitete, wie aus der Jungmädchenfotze sukzessive die einer erwachsenen Frau wurde. Sie schrie, biss, versuchte zu treten, doch sie hatte keine Chance.

Erbarmungslos trieb ich meinen Kolben tiefer und tiefer in ihr voran, bis ich schließlich das erste Mal kraftvoll ejakulierend in ihr kam, was aber für sie die Sache keineswegs erträglicher machte, denn nun war sie für mich viel leichter begehbar.

»Dam-dam-dam dam dam dam-dam-dam dam dam«

Im Rhythmus des Knight-Rider-Soundtracks schob ich mein Glied in ihr vor und zurück. Es dauerte kaum zehn Minuten, da hatte ich sie dort, wo ich sie hin haben wollte. Hilflos warf sie ihre Arme über ihren Kopf, verdrehte ein wenig die Augen und ließ wie eine übergroße Barbiepuppe alles über sich ergehen.

Ach, wie ich das mochte, wenn sich Frauen mir auf diese Weise hingaben, so wehrlos und offen, ihre Achseln geöffnet und mir zugewendet. Da nun kein weiterer Widerstand ihrerseits mehr zu erwarten war, konnte ich Nicole endlich ganz ungezwungen dort anfassen, wo es mir gerade beliebte, beispielsweise fest mit beiden Händen an ihrer Taille, wodurch ich den Druck meiner Stöße noch einmal beträchtlich erhöhen konnte. Hilflos baumelte ihr Kopf auf der Spitze ihrer Wirbelsäule in exakt dem Takt, der ihm von meinem Schwanz aufgezwungen wurde.

Den Mund weit geöffnet ging ihr Atem fast so schwer wie der eines 400-Meter-Läufers nach der Zieldurchquerung. Genüsslich griff ich mit einer Hand nach ihren Zitzen, zwirbelte sie in diese oder jene Richtung, knetete ihre Brüste, gab ihr ein paar Klapse auf die Wangen und spielte an ihrem Bauchnabelpiercing: Sie ließ alles völlig bereitwillig mit sich geschehen.

Sie gehörte jetzt mir, und zwar mit jeder Faser ihres Körpers. Ich bestimmte, wann sie Atem holen durfte und wann nicht. Mit meinem Schwanz hatte ich mich ganz tief in sie gebohrt und sie damit letztlich vollständig übernommen. Im Grunde war sie nurmehr eine Erweiterung meines eigenen Körpers, ein Spaßaufsatz, der der Erzeugung möglichst geiler Gefühle diente.

MUTTER LIEBEN

»Dam-dam-dam dam dam dam-dam-dam dam dam«
Ich hätte dies noch stundenlang so weitertreiben können.

Es war herrlich anzusehen, wie sie dort vor mir lag und sich in jeder erdenklichen Form benutzen ließ, so jung, so willig und so unverbraucht. Selbst meine kühnsten Träume vor unserem ersten, gescheiterten Versuch reichten bei Weitem nicht an das heran, was sich mir nun bot.

Dunkel erinnerte ich mich wieder an meine Schulzeit und die Demütigungen, die man mir dort zugemutet hatte.

Meine Stiefmutter verdiente nicht sehr viel Geld, und so war auch ich stets knapp bei Kasse. Allein schon deshalb galt ich bei vielen Mädchen als Loser, der ihnen sowieso nichts bieten konnte. Klar, wer in Designer-Klamotten und mit der Douglas-Einkaufstüte in die Schule kam, der sah die Welt mit anderen Augen. Für den war ich ein Nichts, was mich diese verwöhnten Puten auch ständig spüren ließen. Und durch den fehlenden Zugang zum Internet und ganz ohne Handy kam ich ihnen wohl auch ziemlich verstaubt und unwissend vor.

Ich versuchte damals, mir etwas Geld dazu zu verdienen, nur um mir ein Handy leisten zu können, denn ohne so etwas gehörte man sowieso nicht dazu. Da galt man als Relikt aus dem vorigen Jahrtausend. Doch genützt hat es mir wenig, ganz im Gegenteil. Irgendwann sah mich eines der Hühner, wie ich des Nachmittags Pizza austrug, was sie sogleich den anderen Hühnern steckte. Prompt verarschten sie mich, und zwar auf eine ziemlich üble Weise. Als ich nämlich mal wieder den Pizza-Boten spielte, sollte ich an eine Adresse liefern, die sich als Wohnhochhaus herauskristallisierte. Darin kannte man den Empfänger der Bestellung jedoch nicht. Ich klingelte überall und rannte durch das halbe Haus, doch stets bekam ich die gleiche Auskunft: »Nein, eine Familie mit dem Namen Yokohama kennen wir leider nicht.«

Als ich ganz frustriert nach draußen trat, hörte ich die Schlangen kichern und herumalbern.

Und in der Schule kriegten sie mich ebenfalls dran. Ich war beispielsweise ziemlich schwach in Englisch. Bei einer Klassenarbeit reichte mir dann eine Mitschülerin heimlich einen

Zettel herüber, der voll die Verarsche war. An dem stimmte rein gar nichts, sodass ich prompt eine Sechs bekam. Das anschließende Gekicher war groß, wie man sich vorstellen kan.

Außerdem wurden die Scheiß-Weiber in der Schule ständig bevorzugt. Wenn ich mal was wusste und mich meldete, ignorierte mich meine Lehrerin stets und nahm stattdessen irgendein Mädchen dran. Wenn ich dagegen nichts wusste, wählte sie mich. Und prompt lachten sich die Scheiß-Zicken wieder halb tot über mich.

Ein anderes Mal verlegten sie im Schwimmbad mein Handtuch und meine Sachen, sodass ich erst die halbe Wiese absuchen musste, bevor ich mich anziehen konnte. An dem Streich war zumindest Nicoles beste Freundin direkt beteiligt, wie mir ihr spontanes Auflachen zeigte. Es lag also nahe, dass auch Nicole etwas davon wusste. Im Grunde war sie kein bisschen besser als all die anderen Schlampen.

Voller Wut rammte ich ihr meinen Schwanz in den Bauch. Ich war mir sicher, dass ihr das wehtat, doch das sollte es auch tun, denn sie hatte es nicht anders verdient.

Fast wie ein kleines Hündchen hob ich sie am Nacken an, um ihr meine Eichel tief in ihren Schlund zu drücken. Es war allerhöchste Zeit, denn im nächsten Augenblick explodierte ich bereits in ihr. Es spritzte, strömte und floss aus mir heraus, wie selten zuvor. Kein Wunder, denn Nicole war ein total geiles Fickstück. Mein Schwanz und ihre Fotze waren eine unschlagbare Kombination.

Ein leichter Druck auf ihre Kehle, einen Klaps auf ihre linke und einen weiteren auf ihre rechte Wange, und schon hatte sie alles brav geschluckt. Mein Samen war nun tief in ihr, würde von ihrem Magen in ihre Blutbahn dringen und sich von dort einen Weg in ihr zentrales Nervensystem bahnen. Ich war in sie eingedrungen und sie war meins.

Fest kniff ich in ihre Nippel und zwang sie auf diese Weise, mir durch die halbe Wohnung zu folgen. Fast achtlos warf ich sie über die gepolsterte Lehne unseres Wohnzimmersofas, wodurch sie mir ihren Po dermaßen schön entgegenstreckte, dass ich schon wieder an fast nichts anderes als ans Ficken denken konnte. Doch zunächst sollte ihr Arsch noch die passende Röte erhalten. Minutenlang schlug ich auf ihn ein, was sie mit der gleichen Hingabe geschehen ließ, wie die Ficks zuvor: Ich hatte aus ihr ein wirklich sehr braves Mädchen gemacht.

Ein paar Mal spuckte ich auf ihre mir gänzlich unbekannte Öffnung, bevor es endlich losgehen konnte. Als ich sie Zentimeter für Zentimeter in ihrer Hinterpforte pfählte, reagierte sie zunächst mit Widerstand, Protesten, Tränen und sogar Tritten. Offenbar bereitete ihr die Penetration große Schmerzen, die ich ihr jedoch weder ersparen konnte noch wollte, schließlich ging es darum, auch ihre dritte Öffnung zu erkunden und in Besitz zu nehmen.

Es dauerte nicht lange, da hatte ich auch ihren Hintereingang so geweitet, dass ich mich ganz frei und ungezwungen in ihm bewegen konnte.

»Dam-dam-dam dam dam dam-dam-dam dam dam«

Schon bald hatte ich meinen gewohnten Rhythmus wieder gefunden, und auch sie gab sich ihm jetzt restlos hin.

Es schien fast so, als wenn die Bauchlage eine Erleichterung für sie darstellte, bei der sie besonders viel Luft in sich aufnehmen konnte, denn sie stöhnte und schrie bei jedem Stoß so laut, als wenn es ihr letzter Atemzug sein könnte.

Ihr Rücken war nass geschwitzt und auch aus ihren Achseln perlte der Schweiß. Sie befand sich längst an der Grenze ihrer körperlichen Leistungsfähigkeit, ein Zustand, den ich noch etwas beizubehalten gedachte, denn es war total geil, sie so zu sehen. Außerdem ging es mir auch darum, genau dieses Bild unvergesslich einzuprägen, denn sicherlich würde ich Nicole und ihren Freundinnen noch häufiger begegnen. Was konnte also reizvoller sein, als dabei meinen inneren Film abzuspulen, in dem sich mein vor Lust beinahe berstender Schwanz immer und immer wieder in ihren knallroten Arsch bohrte, während sie verzweifelt nach jedem noch so kleinen Quäntchen Sauerstoff japste, um nicht das Bewusstsein zu verlieren.

Ich war mir sicher, dass sie es merken würde, wenn ich sie mit meinem Film im Kopf ansah. Die Rangordnung zwischen ihr und mir wäre für alle Zeiten klargestellt gewesen: Sie war meine Sub, die ich einmal benutzt hatte, und die sich mir jederzeit erneut hinzugeben hatte, wenn mir danach war. Was natürlich auch für ihre Freundinnen galt.

Genüsslich malte ich mir aus, wie ich eine nach der anderen zu mir nach Hause brachte und ihr die gleiche umfassende und zuvorkommende Behandlung zukommen ließ, wie sie gerade Nicole erhielt.

In meiner Vorstellung hatte ich Nicole mit irgendetwas in der Hand, sodass sie mich nicht nur immer wieder bereitwillig an ihren eigenen geilen Arsch heranließ, sondern mir auch ihre besten Freundinnen der Reihe nach zuführte.

Ich wäre vor Freude fast gekommen, als mir plötzlich klar wurde, dass eine solche Möglichkeit tatsächlich bestand. Erst vor wenigen Tagen hatte ich mir mehrere Speichermedien besorgt, um Monika mit deren eigener Kamera bei unseren Sexspielen zu filmen. Einerseits sollte das Material mir dazu dienen, ihr eine noch hingebungsvollere und geilere Haltung zu vermitteln, andererseits wollte ich sie damit demütigen.

Aktuell stand die Kamera einsatzbereit auf einem Regalbrett meines Zimmers.

Ich löste mich aus Nicole, frischte noch einmal kurz die Farbe ihres Hinterteils auf, und eilte in mein Zimmer, um die Kamera zu holen und auf dem Wohnzimmertisch zu platzieren. Von dort aus würde sich Nicole besonders gut machen, wie ich es in den letzten Tagen durch Ausprobieren bereits herausgefunden hatte.

Die nächste halbe Stunde hielt Monikas Kamera den grandiosesten Arschfick fest, den die Welt je gesehen hatte. Sie machte sich dabei sogar so gut, dass ich ihr am liebsten die Kehle zugedrückt hätte. Ein unbeschreibliches Verlangen erfasste mich, der wirklich allerletzte Liebhaber zu sein, dem sie sich hingegeben hatte, zumal niemand zuvor sie wohl so besessen hatte, wie ich es in dem Augenblick tat.

Möglicherweise hätte ich mit dem Video sogar sehr viel Geld verdienen können, denn es gab genug Spinner, die sich an solchem Material aufgeilen konnten, und die dafür fast jede Summe zu zahlen bereit waren. Doch rasch verwarf ich den

Gedanken wieder, denn man hätte mich darüber allzu leicht als Täter ausmachen können.

Dafür kam mir jedoch eine ganz andere Idee: Das Video ließ sich bestens als Beleg für die Freiwilligkeit unseres Aktes verwenden.

Nachdem ich tief in ihrem Arsch gekommen war und mich danach im Bad wieder etwas frisch gemacht hatte, zeigte ich mich ihr – und allen möglichen späteren Betrachtern des Films – gegenüber von meiner Schokoladenseite.

Sanft hob ich sie an und trocknete sie äußerst zärtlich und liebevoll ab. Dabei küsste ich sie mehrfach auf den Mund, während ich liebevolle Dinge zu ihr sagte. Zu meiner Überraschung erwiderte sie einige meiner Küsse, was mir nur zeigte, wie erschöpft und weggetreten sie war, denn ich hatte mit Widerstand und Ablehnung gerechnet.

Einmal mehr drang ich in ihre Fotze ein, um sie vor laufender Kamera wenigstens einmal darin gefickt zu haben, was sie ohne jeden weiteren Widerstand mit sich geschehen ließ. Sie schien auch keinerlei Sorgen mehr zu haben, ich könnte in irgendeiner Weise zu groß für sie sein. Erstaunlicherweise schlang sie dabei sogar ihre Arme um meinen Nacken, ein weiterer Beweis für ihre Bereitschaft, all dies mit sich geschehen zu lassen.

Und schließlich dokumentierte ich noch, dass es sich bei ihr in Wahrheit um eine Nutte handelte.

»Hör mal Nicole, du weißt, ich ficke dich gerne ein bisschen länger und intensiver. Aber 100 Euro sind einfach sehr viel Geld für mich. Ich kann dich deshalb erst übernächste Woche wieder kommen lassen. Am liebsten würde ich es zwar gleich morgen wieder mit dir treiben, so gut, wie du bist, aber dafür fehlt mir das Geld.«

Kaum hörbar antwortete sie mit einem kraftlosen »Hm«, sodass ich noch einmal nachhaken musste.

»Ist schon okay, Patrick.«

Perfekt! Damit hatte ich den Beweis und sie in der Hand. Sie war ganz offiziell eine Nutte und wir hatten völlig freiwilligen Sex miteinander. Die Ärsche ihrer Freundinnen gehörten mir! Ich zog den Fick in aller Ruhe durch und spritzte ein weiteres Mal in ihr ab. Danach durfte sie meinen Schwanz sauber lecken. Nun musste ich sie nur noch loswerden, denn Monika würde bereits in etwa einer Stunde nach Hause kommen. Mit ihr hatte ich ebenfalls einiges vor.

Nicole war so sehr erschöpft, dass ich sie ankleiden musste. Sie selbst war dazu beim besten Willen nicht mehr in der Lage. Erst nachdem sie eine ganze Literflasche Cola im Rekordtempo geleert hatte, ging es ihr wenigstens wieder so gut, dass sie aufrecht und ohne fremde Hilfe gehen konnte, wenngleich es nicht zu übersehen war, dass sich ihr Gang in sonderbarer Weise verändert hatte, so als wenn sie gerade einen anstrengenden Ritt durch die Rocky Mountains hinter sich gebracht hätte. Außerdem roch sie mindestens drei Meter gegen den Wind nach Liebemachen, was aber nicht weiter tragisch war, denn schließlich handelte es sich bei ihr – wie mein Video zweifelsfrei dokumentierte – um eine stadtbekannte Nutte.

Sie verschwand noch einmal kurz im Bad, um zumindest ihr Gesicht etwas aufzufrischen. Wie im Zeitlupentempo schleppte sie sich danach durch die Wohnung, vorsichtig jeden ihrer Schritte balancierend, was ich mit einem ironischen Lächeln kommentierte.

»Ja du hast gut lachen, mir tut buchstäblich alles weh, selbst meine Zehen, obwohl die gar nicht im Spiel waren. Ach ich weiß auch nicht warum.«

Sie wirkte in ihrem Zustand erstaunlich verletzlich, und zum ersten Mal entwickelte ich echte zärtliche Gefühle für sie, sogar zum ersten Mal für eine Frau überhaupt. Ich legte eine Hand in ihren Nacken und drückte sie sanft an mich, was sie widerstandslos mit sich geschehen ließ. Ganz spontan richtete sie sich ein wenig auf und gab mir einen Kuss auf den Mund, der mich im ersten Augenblick regelrecht erschrecken ließ, denn noch immer befürchtete ich, es schon bald mit ihren Vergeltungsaktionen zu tun zu bekommen.

MUTTER LIEBEN

»Du weißt, dass das eigentlich eine Vergewaltigung war?«

»Wir haben nichts getan, was du nicht wolltest.«

»Ja ja, die Antwort war mal wieder ganz typisch Mann. Ich habe es mir schon fast gedacht, dass du das so siehst. Dabei hast du nicht einmal gefragt!« Keck sah sie mich an. »Was haben Sie zu Ihrer Verteidigung zu sagen, Angeklagter?«

»Hätte ich fragen sollen? Solange von dir kein ›Nein‹ kam, hieß das für mich ›Ja‹.«

Provozierend rammte sie die Knöchel ihrer zur Faust geballten Hand in meine Brustmuskulatur.

»Hallo! Schon vergessen? Ich konnte anfangs nicht ›Nein‹ sagen, da du mir den Mund zugehalten hast.«

»Wolltest du denn ›Nein‹ sagen?«

Eine weitere Faust schlug in meine Brust ein, und zwar ziemlich genau auf der Höhe ihres Scheitels. Mit ihrem gespielt empörten Blick und mehr als einen ganzen Kopf kleiner als ich, sah sie in diesem Moment einfach zauberhaft aus. Es fehlte nicht viel, und ich hätte mich in diese Schlampe, die sich schon als Schülerin für Geld von wildfremden Jungs und Männern ficken ließ, auch noch Hals über Kopf verliebt.

»Was spielt das schon für eine Rolle, ob ich ›Nein‹ sagen wollte oder nicht? Du hast mir so sehr den Mund zugedrückt, dass ich überhaupt kein ›Nein‹ mehr herausbringen konnte!«

»Genau, es spielt keine Rolle, denn kurz darauf nahm ich meine Hand, die ich dir nur zum Schutz auf den Mund gelegt habe, damit du nicht reflexartig und völlig überstürzt ›Nein‹ murmelst, wieder weg, und da hast du nur noch gestöhnt, aber wie! Was ein klares ›Ja‹ war.«

Als sie daraufhin mit einem bitterbösen Blick – durch den allerdings ein verstohlenes Lächeln schimmerte – zu mir aufschaute, wünschte ich mir inniglich so sehr, jener Augenblick möge nun für alle Zeiten verweilen, meinetwegen wir beide dabei zur Salzsäule erstarrt, doch genau mit diesen Gefühlen für sie, und zwar für immer.

Erst viel später wurde mir bewusst, dass dies wieder einer jener magischen Momente war, die einem Leben von einer Sekunde zur anderen eine ganz andere Richtung geben können, und ich ließ ihn ungenutzt verstreichen, ja ich versagte einmal mehr auf der ganzen Linie.

Mit ein wenig mehr Mut hätte ich sie in dem Augenblick an mich drücken können und geküsst, geküsst und immer wieder geküsst, und sie zu meinem Mädchen gemacht. Im Nachhinein war ich mir recht sicher, dass sie dies im Grunde erwartete, doch ich war zu feige, erbärmlich feige.

Mein Leben glich längst einem Schiff, das die Einfahrt zu einer sicheren Schleuse verpasst hatte und sich nun mit hoher Geschwindigkeit auf einen zerstörerischen Wasserfall zubewegte, als diese kleine rettende und vor allem allerletzte Landzunge auftauchte, an die es noch hätte andocken können, doch bevor etwas geschah, war es daran vorbeigefahren.

»Es war kein ›Ja‹, Patrick, und dennoch bin ich im Nachhinein froh, nicht ›Nein‹ gesagt zu haben, denn ich fand es größtenteils geil.

Puh, ich bin jetzt vielleicht dermaßen was von erschöpft. Sei bitte so lieb und ruf mir ein Taxi. Den restlichen Abend werde ich wohl besser in der Badewanne verbringen, vielleicht bin ich dann morgen wieder halbwegs fit. Außerdem müssen meine Eltern ja nicht unbedingt etwas davon mitbekommen.«

»Vielleicht können wir die Sache bei Gelegenheit einmal wiederholen, was meinst du?«

»Man sieht sich.«

Als sie schließlich gegangen war, räumte ich noch kurz die Wohnung auf. Bald darauf stand Monika in der Tür, die ich sogleich anwies, sich auf der Stelle auszuziehen.

An diesem Abend fickte ich sie mehrfach genau an der Stelle und in der Position in den Arsch, wie ich das zuvor bei Nicole getan hatte, ohne allerdings noch einmal zu kommen. Später vollzog ich das Gleiche ein weiteres Mal in ihrem Bett, um danach eng an ihren Rücken gedrückt noch eine ganze Weile wach zu liegen.

MUTTER LIEBEN

Eine unendliche Traurigkeit – gepaart mit dem Gefühl einer schrecklichen Vorahnung – hatte von mir Besitz ergriffen. Stumm weinte ich in mich hinein. Jemand hatte mir heute einen Rettungsanker zugeworfen, um meiner zunehmenden seelischen Verwahrlosung zu entrinnen, doch ich hatte ihn verschmäht.

Nach meinem supergeilen Fick mit Nicole war mir erst einmal die Lust auf Helena vergangen. Wenn ich allein schon nur daran dachte, wie leicht und geschmeidig Nicole war und wie viel Anstrengung es sie gekostet hatte, sich von mir wie geschehen nehmen zu lassen, besaß ich bereits einen Steifen, und zwar von der allerschlimmsten Sorte.

Ganz anders war dagegen Helena. Sie war willig, keine Frage, viel williger noch als Nicole, selbst als sie längst jeglichen Widerstand aufgegeben hatte, doch darum ging es nicht, ganz im Gegenteil. Es war für mich ein ungeheuer geiles Erlebnis gewesen, Nicoles Willen zu brechen, sie sukzessive immer mehr an meinen Schwanz zu gewöhnen und sie am Ende von ihm abhängig zu machen. Noch zwei oder drei weitere solcher Ficks, und sie wäre mir ganz sicher hörig gewesen. Und offenbar war sie sogar dazu bereit, wie ihre Reaktion kurz vor der Verabschiedung verriet.

Ich weiß bis heute nicht, warum ich in dem Augenblick nicht näher auf ihr nur mühsam verschleiertes Angebot eingegangen bin. War es meine Angst, es könnte mit ihr schnell langweilig werden, sodass ich ihrer bald überdrüssig würde, um mich in der Folge immer häufiger mit anderen Weibern zu treffen und ihnen die gleiche Vorzugsbehandlung zukommen zu lassen?

Vor meinem geistigen Auge sah ich uns schon täglich streiten, so wie es bei meinem Vater und Monika jahrelang der Fall war. Und das war nicht einmal unwahrscheinlich, denn Nicole konnte ein Biest sein, was selbst ihre sanfteren Züge, die nach ihrer Dressur und Unterwerfung kurzzeitig zum Vorschein kamen, nur mühsam überdecken konnten.

All das drohte mir bei Monika und Helena nicht, jedenfalls schien es mir damals so. Ich war mir sicher, dass sich beide ihrem Schicksal ergeben und mich uneingeschränkt als ihren alleinigen Herrn und Bull akzeptiert hatten: kein überaus spannender Ausblick, doch immerhin einer, der recht viel Bequemlichkeit und gesicherte tägliche Ergüsse in geile feuchte Muschis und dazu passende Ärsche versprach. Und warum sollte es ein Mann in seinem Leben nicht vorzugsweise bequem haben wollen?

Erst in der darauf folgenden Woche stieg ich wieder bei Helena ein. Es lief alles sehr routiniert, um nicht zu sagen professionell ab: Erst wurde sie gefesselt und geknebelt und dann vergewaltigt. Danach folgte eine Schmerzphase, in der ich ihre Brüste, Fotze und Oberschenkel mit dem Gürtel peitschte, und schließlich kam es noch zu einem ausgiebigen Arschfick, bei dem meine Gedanken zugegebenermaßen die ganze Zeit bei Nicole waren. Ich war innerlich sehr aufgebracht darüber, dass sich mir nur ihr Arsch darbot und nicht der Nicoles. Aus diesem Grunde zwickte ich sie, während ich in ihrer hinteren Öffnung zu Gange war, äußerst schmerzhaft in die Zitzen.

Zum Schluss nahm ich ihr den Knebel ab, küsste sie, spuckte ihr das eine oder andere Mal in den Mund und fickte sie dann auch dort. Als ich kam, presste ich ihr meinen Samen tief in ihren Schlund.

Im Grunde war unser Zusammensein eine sehr saubere Sache: Kommen, Benutzen, Gehen.

Ich hatte mich gerade wieder angezogen, als ich sie urplötzlich flüstern hörte: »Du kommst doch nächste Woche wieder, oder? Letztes Mal habe ich ganz verzweifelt auf dich gewartet. Wo warst du denn bloß?«

Hätte ich ihr sagen sollen, dass ich einen ganzen Nachmittag mit Nicole beschäftigt war, den anschließenden Abend mit Monika, und an den darauf folgenden Tagen keinerlei Bock mehr auf sie hatte? Das wäre mir herzlos vorgekommen.

Nicht dass ich in der Woche nicht mehr geil genug war – so etwas kenne ich nicht. Doch mir stand an den folgenden Abenden mehr der Sinn nach Jungfotzen. Ständig musste ich an Nicole denken, und auch ihre Freundinnen und zwei frühere Mitschülerinnen gingen mir nicht mehr aus dem Kopf.

Genüsslich stellte ich mir vor, wie ich sie unter irgendeinem Vorwand zu mir nach Hause lockte, blitzschnell mit Klebeband fesselte und knebelte, ihnen die Kleider vom Leibe riss und sie in alle ihre Öffnungen fickte. Jede Einzelne sah mich dabei mit weit aufgerissenen und angst- und schmerzerfüllten Augen an, während ich immer tiefer in sie vordrang, um sie für den regelmäßigen Gebrauch zu weiten. Solche Fotzen hatten sowieso nichts anderes verdient. Wie oft schon hatten sie mich bei meinen zaghaften Annäherungsversuchen abblitzen lassen? Was bildeten sich die blöden Gänse überhaupt ein? Nur weil sie an bestimmten Stellen ein paar Löcher besaßen, die mich geradezu magisch anzogen, gab es ihnen noch lange nicht das Recht, so respektlos und missachtend mit mir umzuspringen.

Doch der Höhepunkt meines Tagtraumes war etwas anderes. Kaum hatte ich eine der Fotzen so weit, dass sie mit hilflosen und doch wutentbrannten Blicken unter meinen energischen Stößen gegen ihren Willen kam, da drückte ich ihr die Kehle zu. In meiner Fantasie ließ ich ihren Hals erst wieder los, als ihre Augen bereits jeglichen Glanz verloren hatten. Im nächsten Augenblick spritzte ich kraftvoll in ihrer Möse ab. Geil!

»Patrick, ich habe dich etwas gefragt.«

Ich erschrak. Woher kannte sie meinen Namen?

»Wie kommst du darauf, dass ich Patrick heißen könnte?«

»Ich habe dich längst erkannt. Du bist nämlich der Lehrling aus dem Far-Out-Reisebüro, in dem ich vor einiger Zeit eine USA-Reise gebucht habe. Weiß deine Chefin eigentlich, dass du heimlich des Nachts einsamen älteren Kundinnen hinterher steigst, deren Adressen du dir vorher aus den Reiseunterlagen besorgt hast? So war es doch bei mir, oder?«

Das Gespräch gefiel mir nicht. Sie verfügte über Informationen, die ihr überhaupt nicht zustanden. Wissen ist Macht, und sie besaß eindeutig viel zu viel davon. Es konnte nur noch eine Frage der Zeit sein, bis sie ihre Kenntnisse direkt gegen mich verwendete, um Macht über mich auszuüben. Doch nicht mit mir! Ich hatte mir geschworen, nie wieder sollte eine Frau jemals über mich herrschen können, und diese Fotze schon gar nicht.

Doch längst hatte sie begonnen, ihrem schmutzigen Herrschaftsspiel nachzugehen. »Also wenn du nächste Woche wieder nicht kannst, muss ich wohl mal ein offenes Wörtchen mit deiner Chefin reden. Die wird über deinen kleinen Nebenjob garantiert nicht erfreut sein.«

Ohne jede Vorwarnung kamen mir wieder mein fantasiertes Würgen an meinen früheren Schulkameradinnen in den Sinn. Keine Frage: Sie musste weg.

An ihr wollte ich ein Exempel statuieren. Außerdem wollte ich schon immer einmal spüren, wie sich all die Sachen in der Realität anfühlten, die mir in meinen Fantasien durch den Kopf gingen. Ich war mir sicher, dadurch meine Träume noch viel plastischer gestalten zu können.

»Klar besuche ich dich nächste Woche wieder«, log ich. »Aber wenn du schon jetzt solche Sehnsucht nach mir hast, dann wir es wohl besser sein, dich auf der Stelle noch einmal gründlich durchzuficken. Dann hast du schon einmal einen kleinen Vorgeschmack auf das nächste Mal. Außerdem: Wer du es heute kannst besorgen, die vertröste nicht auf Morgen.«

Selbst in der Dunkelheit des Raumes ließ sich unschwer erkennen, wie sie ihre Beine weit und genussvoll spreizte, um mir ihre bedingungslose Bereitschaft zu signalisieren.

Ich zog mich so schnell ich konnte aus, und gleich darauf war ich erneut in ihr drin. Ihren Lippen entwich ein lustvolles Stöhnen.

Hart und energisch stieß ich mein Glied in sie hinein, während ich sie von den Schultern her an mich heran und damit mehr und mehr auf meinen pulsierenden Kolben schob. Meine Hände platzierte ich direkt neben ihrem Nacken, der schon bald meine ganze Zuwendung und Kraft zu spüren bekommen sollte. Endlich war sie so weit. Sie begann laut zu atmen und dann zu schreien, und gleich darauf konnte ich spüren, wie sich ihre Fotze mit mehreren kontrahierenden Bewegungen ganz eng um meinen Schwanz schloss.

Genau da drückte ich zu, und zwar mit einer solchen Kraft, dass ich ihr auch ohne Weiteres den Nacken hätte brechen können.

Sie schlug, trat und strampelte, doch sie hatte absolut null Chancen gegen meine Kraft. Obwohl sich ihre Spalte immer enger um meinen Schwanz schnürte, vögelte ich sie unbeirrt weiter. Manche Stöße gingen nun nur noch mit roher Gewalt in sie rein.

Eine warme Nässe breitete sich auf meinem Unterleib aus. Die Sau hatte sich in ihrem Todeskampf ein letztes Mal entleert. Ein paar Mal durchzuckte sie es noch, dann war es vorbei. Ich atmete erleichtert auf: Endlich war sie still. Ich hatte sie kaputtgemacht. Unbeirrt zog ich den Fick zu Ende durch, kam noch zwei- oder dreimal in Ihr. Dann zog ich mich aus ihr zurück. Ich bekam es mit der Panik zu tun. Einige Male schlug ich ihr ins Gesicht. Auch würgte ich sie erneut.

Um ganz sicher zu gehen, drückte ich noch zehn Minuten lang ein Kissen auf ihr Gesicht. Erst dann war ich absolut davon überzeugt, dass sie wirklich tot war.

In aller Ruhe betrachtete ich sie, wie sie so friedlich und ausgestreckt vor mir lag. Ich wunderte mich, wie schlaff ihre Brüste auf einmal waren. Mehrmals zog ich an ihren Nippeln, um sie gleich darauf wie Gummi zurückprallen zu lassen. Zwischenzeitlich kam mir der Gedanke, ihre Nippeln vielleicht als Andenken zu behalten, indem ich sie knapp unterhalb des Brustwarzenhofes von ihren Titten abtrennte und sie zu Hause in Alkohol einlegte.

In einer Küchenschublade fand ich tatsächlich ein Schlachtmesser, das ich mehrfach präzise an ihre Zitzen ansetzte, während ich kraftvoll an ihnen zog. Doch ich konnte mich zu keinem raschen und kraftvollen Schnitt entscheiden. Schließlich setzte ich das Messer direkt unterhalb ihrer linken Brust an, um sie als ganze Titte abzutrennen. Doch wieder zögerte ich. War es lediglich das mögliche Blutbad, die Sauerei, und damit die Möglichkeit, schon bald als Täter entdeckt zu werden, die mich zurückschrecken ließ?

Für einen Moment spürte ich mein Herz rasen. Erst jetzt wurde mir bewusst, was ich getan hatte. Ich hatte das Leben einer Frau, die meine heimliche Geliebte war, und die nichts weiter von mir verlangte, als regelmäßig gefickt zu werden – ja nicht einmal das: vergewaltigt zu werden –, mal eben so ausgelöscht. Im Grunde eiskalt.

Ich grübelte darüber nach, wie weit ich mich in den letzten Monaten von jeglicher Normalität entfernt hatte und jeden Tag weiter entfernte. Es gab eigentlich überhaupt kein Halten mehr. Wer weiß, was nächste Woche dran war?

Möglicherweise würde ich Nicole nachstellen, sie brutal vergewaltigen und ihr hinterher die Klitoris rausschneiden. In dem Moment, in dem ich dies dachte, wurde mir klar, dass das keine Fiktion bleiben würde, sondern dass ich es nun tun müsste, andernfalls würde mich die fiktive Idee fast zwanghaft verfolgen. In dem Augenblick, als mir der Gedanke kam, war im Grunde bereits entschieden, dass sie ihren Kitzler verloren hatte, dass sie demnächst eine Beschnittene war.

Ich stellte mir insgeheim vor, wie ihr just in diesem Moment ein Heinzelmännchen ins Ohr flüsterte, es gäbe da draußen jemanden, der nach ihrer Klitoris trachtete. Ob sie dann noch immer wie gewohnt in der Gegend herumvögelte und den Jungs das Geld aus der Tasche zöge, als hätte es die Warnung nie gegeben?

Wer weiß? Aber eigentlich brauchte sie das Ding ohnehin nicht, denn ihr ging es ja sowieso nicht um ihre Höhepunkte, sondern primär um Geld und Macht über Jungs. Sie wollte mit uns spielen. Meinetwegen, dann aber auch richtig und halbwegs fair dabei. Wir bezahlen sie, und sie ist nur noch Öffnung. Es war entschieden: Ihre Klitoris musste weg.

Wieder wanderte mein Blick über den toten Körper, der vor mir lag. Erst ein Vergewaltiger der eigenen Mutter, nun ein Mörder, und das alles nur, weil der durch jahrzehntelange Demütigungen aufgeheizte Druckkochtopf in mir irgendwann einfach explodiert war. Nun trat die Glut offen zutage und konnte ungehindert alles anzünden, was ihr zu nahe kam. Hätte es den einen großen Knall nicht gegeben, säße ich vielleicht heute Abend wie ein Biedermann vor der Glotze oder würde mit Freunden über die Champions League diskutieren. So aber war ich aus der Gesellschaft und ihrer Moral endgültig ausgetreten, war ein Outlaw, ein Desperado, eine verirrte Seele. Sie hatten mit ihrer Respektlosigkeit mir gegenüber ein Monster geschaffen.

Anders als den Verwandten im Herzen, den Amokläufern, ging es mir jedoch nicht um die große Aufmerksamkeit, den medienwirksamen Big Bang, sondern um Macht über Menschen, genauer: um Macht über Frauen. Ich arbeitete im Verborgenen, jedoch jede, die es auch nur wagte, mich in irgendeiner Weise beherrschen zu wollen, würde ihr Fett abbekommen. Entweder dauerhaft wie Monika oder einmal und endgültig wie Helena. Ganz unvermittelt und ungewollt begann ich zu weinen. Aber es war nicht das Mitleid mit ihr, das mich dazu veranlasste, sondern die Bestürzung über meine eigene Entwicklung und die Situation, in der ich mich mittlerweile befand. Ich fühlte mich schrecklich einsam und im Grunde auch zu wenig respektiert, vom geliebt werden einmal ganz zu schweigen. Selbst Monikas Respekt mir gegenüber war nur aufgezwungen. Eine kleine Schwäche meinerseits, und sie würde unser Verhältnis wieder komplett umdrehen, da war ich mir absolut sicher.

Ich war erstaunt, wie wenig mich Helenas Tod berührte. Eine Rentenempfängerin weniger, für die unsereins arbeiten muss, war noch einer der harmlosesten Gedanken, die mir bei ihrem Anblick durch meinen Kopf gingen. Solange sie regelmäßig ihre Öffnungen zur Verfügung stellte, war sie wenigstens zu etwas nutze. Aber auf lange Sicht wäre sie zu jemandem geworden, der anderen auf der Tasche lag. Ich hatte diese Lebensphase lediglich ein wenig abgekürzt.

»Es ist schon besser, dass sie jetzt abgetreten ist«, sagte ich immer wieder zu mir.

»Warum sollte ich das Gleiche nicht auch mit Monika machen?«, fragte ich mich unvermittelt. Für einen kurzen Augenblick reizte mich der Gedanke sehr, um ihn jedoch zu verwerfen. »Die hat noch längst nicht ihr Maximum gegeben. Ich bin mir sicher, dass sich aus ihr noch viel mehr herausholen lässt!«

Doch auch dieser Gedanke setzte sich – einmal gedacht – zu einer fixen Idee fest. Ich würde es irgendwann zwangsläufig tun müssen. Am besten irgendwo im Urlaub, dachte ich mir, wo uns keiner kannte, und wo ich sie gefahrlos hätte verschwinden lassen können, nachdem ich sie vorher bis an ihre Grenzen gequält hatte. Sie, da war ich mir in dem Moment ganz sicher, würde mit Schmerzen von dieser Welt gehen. Gleich darauf wurde mir jedoch die Sinnlosigkeit einer solchen Tat bewusst: »Hatte ich nicht gerade erst meine Mutter umgebracht, und zwar in der Person Helenas und stellvertretend für sie?«

Wieder rannten vereinzelte Tränen über meine Wangen. »Verdammt!«, rief ich mir innerlich zu. Ich hatte meine innere Welt nicht mehr im Griff. Sie beherrschte mich längst, ob ich es nun wollte oder nicht.

Als ich mich an meinem achtzehnten Geburtstag spontan gegen meine Mutter auflehnte, ging es darum, mich aus ihren Klauen zu lösen, um endlich frei und unabhängig zu sein. Doch war ich das?

Im Grunde hatte ich lediglich ein Gefängnis gegen ein anderes ersetzt, nämlich das Verlies meiner Mutter und aller anderen Weiber gegen den Kerker, den sich meine eigene Gedanken- und Gefühlswelt zurechtgezimmert hatte.

Verwirrt setzte ich mich auf Helenas Wohnzimmer-Couch, um innerlich etwas zur Ruhe zu kommen. Wie aus heiterem Himmel kam mir plötzlich mein Vater in den Sinn. Wo war der Kerl überhaupt? Und wo hatte er die ganze Zeit gesteckt?

Nun gab es für mich überhaupt kein Halten mehr, und ich begann hemmungslos zu schluchzen.

Bevor ich ging, durchsuchte ich Helenas Wohnung nach Geld und Wertgegenständen. Ich redete mir ein, es sei wohl besser, alles möglichst wie den Raubüberfall eines perversen Triebtäters aussehen zu lassen. Ich riss alle Schranktüren und Schubladen auf und verstreute deren Inhalte in der ganzen Wohnung. Nach einigem hin und her fand ich tatsächlich Helenas Schmuckschatulle. Einen Teil ihrer Ketten und Ringe steckte ich in meine Taschen. Anschließend machte ich mich an die Verwischung der restlichen Spuren. Als ich schließlich fertig war, verschwand ich – als sei nichts gewesen – ganz regulär durch das Treppenhaus und die vordere Haustüre. Den Schmuck entsorgte ich in einem Bach, an dem ich auf dem Nachhauseweg entlangfuhr.

Zu Hause angekommen fühlte ich mich zugleich aufgewühlt wie verärgert. Immer wieder fragte ich mich, woran mich die Nutte bloß erkannt haben konnte? Was hatte ich falsch gemacht?

Außerdem war ich noch keineswegs fertig mit ihr. Liebend gerne hätte ich sie auch in den nächsten Wochen gevögelt und in ihren Mund und Arsch gefickt. Zu allem Überdruss machte mir auch Monika einmal mehr Vorhaltungen, woraufhin ich sie mit äußerster Brutalität vergewaltigte. Es war fast so, als wenn ich mich an ihr für den herben Verlust, den ich gerade erlitten hatte, schadlos halten wollte.

Eine Woche darauf wurde ich im Reisebüro verhaftet. Es dauerte ein paar Tage, bis es einem Nachbar schwante, dass mit Helena etwas nicht stimmen konnte. Ja, und was soll ich sagen: Die Schlampe hat unsere Ficknächte bis ins kleinste Detail in ihrem Tagebuch aufgezeichnet, und zwar mit allen Dialogen, Praktiken, Gefühlen und Überlegungen, insbesondere auch, was meine Identität anging.

Auf dem Kommissariat gestand ich gleich alles, denn was sollte ich auch anderes tun: Mit den modernen DNA-Tests hätte man mir die Tat sowieso zweifelsfrei nachweisen können.

Später vor dem Gericht trug ich vor, dass die Tat aus dem Affekt heraus geschehen sei. Helena sei schon fast süchtig nach meinen Liebesdiensten gewesen, was sich im Übrigen auch unmittelbar aus ihrem Tagebuch herauslesen ließe, und wollte immer mehr und mehr, die weitverbreitete Krankheit heutiger Tage. Als ich ihr eröffnete, mich in Zukunft von ihr fernzuhalten, versuchte sie mich zu erpressen, ja sie drohte gar, zur Polizei zu gehen und mich wegen Vergewaltigung anzuzeigen, obwohl ich es war, der von ihr benutzt wurde, und zwar für ihre sich immer weiter steigernden sexuellen Gelüste, wie sie sie selbst beschrieben hat. Daraufhin sei ich völlig panisch geworden und habe sie aus lauter Verzweiflung spontan und ohne zu überlegen gewürgt.

Meine Rechtsanwältin, die nach der Lektüre von Helenas Tagebüchern ein enorm gesteigertes Interesse an mir und meinem Fall bekam, das sich unter anderem in immer kürzer werdenden Röckchen ausdrückte, unter denen sie meist nicht einmal einen Slip trug, sodass mir mancher Blick auf ihre rasierte Fotze gelang – wie sie es sich wohl auch wünschte –, plädierte für eine Anwendung des Jugendstrafrechts, da ich aufgrund des fehlenden Vaters, der früh verstorbenen leiblichen Mutter und der sehr problematischen Stiefmutterbeziehung noch nicht meinem Alter entsprechend weit genug entwickelt war.

Einen für mich sehr kritischen Verlauf nahm die Verhandlung, als Nicole in den Zeugenstand gerufen wurde. Die kleine Schlampe ließ es sich doch tatsächlich nicht nehmen, mit mir noch einmal so richtig abzurechnen. In blumigen Worten und mit weit ausladenden Armbewegungen erzählte sie dem Gericht, dass ich sie in unserer Wohnung brutal vergewaltigt hätte, und zwar in jeder erdenklichen Weise. Sie habe zwei Wochen lang unter sehr starken Unterleibsschmerzen gelitten und kaum noch gehen können.

Unglaublich! Da fickt man die Schlampe durch, stopft alle ihre Löcher, bis sie kaum mehr aufrecht gehen kann, doch kaum meldet man sich für ein paar Tage nicht mehr bei ihr, fällt sie einem brutal in den Rücken.

Und in diese falsche Schlange hätte ich mich auf ein Haar verliebt! Wenn es noch eines Beweises bedurft hätte, dass man Frauen grundsätzlich nicht trauen kann: Voilà, Nicole hatte ihn geliefert.

Glücklicherweise konnte meine Rechtsanwältin einen Zeugen präsentieren, der schon am darauf folgenden Wochenende mit ihr in der Disco und anschließend im Bett war.

Nicole habe beim Sex auf die harte Tour gestanden, so seine Worte. Mehrfach forderte sie ihn auf, sie härter ranzunehmen. Und gegen Geld könnte man von ihr sowieso alles haben, womit sich die Strategie der Anklage, mich via Nicole als einen perversen Lüstling und Triebtäter aufzubauen, völlig in der Luft auflöste.

Danach war die Vorführung meiner Videoaufzeichnung des grandiosesten Arschficks aller Zeiten, die bei einer Durchsuchung unserer Wohnung sichergestellt worden war, bedauerlicherweise erst gar nicht mehr erforderlich. Ich hatte sie nach Nicoles Aussage angeregt, schließlich hätte ich sie zu gerne öffentlich gedemütigt. Doch meine Rechtsanwältin riet mir eingehend davon ab, denn speziell in Verbindung mit Nicoles rotem Po und meinem doch sehr dominanten Auftreten bei dem extrem harten Fick könnte sich das Gericht nur allzu leicht ein unpassendes Bild von meiner Persönlichkeit machen.

Hierdurch könnte ihre Strategie, mich als einen eher zurückhaltenden und in der Frage der Liebe unsicheren, verführten und leicht verwirrten Jugendlichen aufzubauen, auf das Äußerste gefährdet werden.

Um mich von ihrer geplanten Vorgehensweise zu überzeugen, führte sie mir das Video das eine oder das andere Mal vor, wobei sie mich jedes Mal auf andere kleine Details aufmerksam machte. Sie kannte offenbar jede einzelne Szene des Mitschnitts. Ich vermutete, sie hatte ihn sich bestimmt schon mindestens einhundert Mal zu Hause eingehend angesehen, und zwar stets mit einem laufenden Vibrator in der Möse.

Während wir das Video gemeinsam betrachteten, schlug sie ständig das rechte Bein über das linke und dann das linke wieder über das rechte. Keine Frage: Sie wollte meinen Schwanz und sie wollte gefickt werden, erst in ihrer Fotze und dann auch noch in ihrem Arsch, am liebsten so, wie es im Video zu sehen war.

Als ich schließlich ihrer Herangehensweise zustimmte, schlug sie der Staatsanwaltschaft vor, auf eine Vorführung und beweisliche Würdigung des Videos im Interesse der jugendlichen Zeugin Nicole ganz zu verzichten, womit man dort sogleich einverstanden war, denn auch aus Sicht der Anklage gab das Video nicht sehr viel her, außer dass es in der Summe Nicoles Auslassungen widerlegte.

Den Rest unserer Verteidigungsstrategie steuerte Monika bei, die unser spezielles Verhältnis – von dem weder die Staatsanwaltschaft noch meine Rechtsanwältin etwas wussten – dem Gericht gegenüber vollständig verschwieg und mich stattdessen als einen sehr zurückhaltenden und zuvorkommenden jungen Mann darstellte. Überhaupt – so ihre Ausführungen – trage sie wohl die Hauptschuld an dem Verbrechen, denn sie sei mir gegenüber nie eine gute Mutter gewesen, was sie von ganzem Herzen bedauere. Vielleicht habe sie sich mit ihrem Verhalten unbewusst an meinem Vater rächen wollen, der sie ohne jede vorherige Ankündigung auf nimmer Wiedersehen verließ, sie wisse es nicht. Und dann sagte sie plötzlich noch, dass sie ziemlich sicher sei, die Getötete habe in ihrem Tagebuch nicht die volle Wahrheit gesagt. Sie könne sich nämlich noch genau daran erinnern, sie einmal vor zwei Jahren in einem Café in Begleitung eines sehr viel jüngeren Mannes gesehen zu haben, der sie fast wie sein Eigentum behandelte. Möglicherweise sei dies sogar ein Gewerblicher gewesen.

Sie habe sich damals jedenfalls sehr über das Verhalten des sehr ungleichen Paares gewundert, nur deshalb sei es ihr überhaupt aufgefallen.

Die Richterin fragte mich daraufhin, ob es stimme, dass der Kontakt von Helena ausgegangen sei, was ich – ohne rot zu werden – bejahte.

Und dann erzählte ich ihr, dass sie an dem Tag, an dem sie ihre USA-Reise gebucht hatte, abends gleich nebenan in einem Café sehr freundlich lächelnd auf mich wartete. Sie war ungewöhnlich direkt, so wie in den Wochen darauf auch. Schon nach wenigen Minuten wollte sie von mir wissen, ob ich eine Freundin hätte, und ob ich manchmal von Dingen träume, zu der mir aber irgendwie der Mut fehle. Als ich das bejahte, erzählte sie mir von ihrem Traum, nämlich von einem oder mehreren kräftigen jungen Männern gegen ihren Willen genommen zu werden. Und gleich darauf fragte sie auch noch, ob ich ihr helfen könne, diesen ihren Traum Wirklichkeit werden zu lassen. Ich verstehe überhaupt nicht, fügte ich meinen Ausführungen hinzu, wieso sie ausgerechnet dieses Detail unserer Beziehung in ihrem Tagebuch verschwieg. Ich könnte mir eigentlich nur vorstellen, ergänzte ich, dass sie mich tatsächlich erpressen wollte, und dafür sicherheitshalber alle verdächtigen Spuren verwischt hat.

Wie auch immer, die Gutachter folgten der Einschätzung meiner Rechtsanwältin, dass mir die erforderliche Reife fehle, um das Erwachsenenstrafrecht Anwendung finden zu lassen, und so wurde ich am Ende zu zehn Jahren Gefängnis nach Jugendstrafrecht verurteilt, womit ich alles in allem recht glimpflich davon kam. Mit noch nicht einmal dreißig Jahren würde ich wieder ein freier Mann sein.

Meiner Rechtsanwältin sprach ich meinen ausdrücklichen Dank für ihre hervorragende Arbeit aus, wobei ich anmerkte, dass ihr eigentlich noch eine ganz andere Belohnung zustehe, die ich ihr leider jedoch erst in etwa zehn Jahren zukommen lassen könnte. Ihr Lächeln ließ erkennen, dass sie tatsächlich interessiert war.

Meine Zelle teile ich seitdem mit einem 17-Jährigen, der ein sieben Jahre altes Mädchen vergewaltigt und ermordet hat. Ehrlich gesagt hätte ich ihm eine solche Tat nicht zugetraut, denn er sieht völlig unscheinbar aus, eher wie ein zurückhaltender, schüchterner Schüler mit guten Noten.

Er ist einen ganzen Kopf kleiner als ich, von eher schwächlicher Statur und schweigsam obendrein, ein Sonderling gewissermaßen. Außer mit mir hat er praktisch mit niemandem Kontakt, was zum großen Teil aber auch an den anderen Strafgefangenen liegt, die ihn systematisch meiden. Wer sich nämlich an kleinen Mädchen vergangen hat, dem macht man es im Gefängnis sowohl aufseiten der Häftlinge als auch der Wärter schwer.

Ich wusste von Anbeginn an nicht, was in seinem Kopf vorging, denn selbst mit mir wechselte er kaum jemals ein Wort, wodurch sich meine Abneigung ihm gegenüber stetig verstärkte. Für mich waren solche Typen schlussendlich Dreck. Wenn es nach mir gegangen wäre, hätte es für ihn nur eine einzige gerechte Strafe gegeben: Rübe ab!

Ein unschuldiges Kind zu vergewaltigen, zu quälen und umzubringen, das ging für mich überhaupt nicht. Eine erwachsene Fotze zu würgen, die wie Monika selbst schon ein Kind gefoltert hatte oder die wie Helena ihren Lover auf dreiste Weise zu erpressen versuchte, das war in meinen Augen im Vergleich dazu eine eher lässliche Sünde. Dieses Schwein hingegen war einfach nur pervers. Mit jedem Tag, den er in meiner Zelle verbrachte, wuchs meine Aversion gegen ihn und die der anderen Gefängnisinsassen auch.

Die entscheidende Wende kam, als mich eines Tages Mischa – ein am ganzen Körper tätowierter Kerl von etwa 40 Jahren, breit wie ein Kleiderschrank und der heimliche Boss unter uns Insassen – unter der Dusche zu meinem sonderbaren Zelleninsassen ansprach. Väterlich legte er mir eine Hand auf die Schulter und meinte, dass er sich das mit uns beiden nicht länger anschauen würde. Entweder ich hätte das Problem bis Ende der Woche im Griff, oder er würde sich der Sache selbst annehmen und die Sau zu seinem persönlichen Mädchen machen. Und mich vielleicht gleich mit dazu.

»Und wie kann ich dir beweisen, dass ich das Problem im Griff habe?«, wollte ich von ihm wissen.

»Indem ihr immer gemeinsam in die Dusche kommt, und er dabei rasiert ist. Dann ist er für uns dein Mädchen und somit tabu. Patrick, die anderen erwarten von dir, dass du dich an unsere Regeln hältst, kapiert?«

Noch am gleichen Tag drückte mir ein Wärter einen kleinen ledernen Knebel mit einem integrierten Gummiball in die Hand. Da wurde mir klar, dass Mischa nicht allein agierte, sondern die Sache sehr breit bis hin zum Wachpersonal und möglicherweise sogar zur Gefängnisleitung abgesprochen war.

Einerseits stand damit fest, dass ich nun handeln musste, andererseits auch, dass mich niemand bei meinem Geschäft stören würde.

Kaum war das Licht am Abend in unserer Zelle erloschen, machte ich mich an ihn ran. Zunächst stemmte ich ihm mein Knie in die untere Rückenpartie und drückte ihn fest auf die Matratze. So konnte ich ihm in aller Ruhe den Knebel in den Mund schieben und hinter seinem Nacken verschließen. Ich hatte ihn zum Schweigen gebracht.

Gleich darauf warf ich ihn hart auf den Rücken, schlug ein paar Mal mit den Fingerknöcheln auf seine Rippen und rammte ihm die Faust in den Bauch. Während er noch nach Luft rang, legte ich mit mehreren kräftigen Ohrfeigen und einem schweren Leberhaken nach. Nun war er erst einmal ruhiggestellt, sodass ich ihn ganz bequem entkleiden konnte. Danach machte ich mich mit dem Langhaarschneider meines batteriebetriebenen Elektrorasierers über seine Schamhaare her. Jeglichen Widerstand seinerseits brach ich durch weitere Schläge auf seine Rippen.

Kaum hatte ich mein Werk vollbracht, kam mir eine zündende Idee. Mir war aufgefallen, dass er des Nachts ganz schön oft wichste, was mich ungemein nervte. Ich zog seinen Schwanz lang und schnitt mit dem Langhaarschneider meines Rasierers kleine Wunden – oder sollte ich besser sagen: Kerben – in seinen Schaft. Ich war mir sicher, dass er das Wichsen nach einer solchen Behandlung als Tortur empfinden würde. Ich nahm mir vor, jeden Tag eine andere Stelle einzukerben, und turnusmäßig wieder zum Anfang zurückzukehren, wenn die ersten Wunden abgeheilt waren.

Als uns der Boss irgendwann einmal unter der Dusche begegnete, zeigte ich ihm sogleich die von mir vollbrachte Einkerbung. Dazu packte ich mein Mädchen in den Nacken und zog ihm – als sei es das Selbstverständlichste von der Welt – vor den Augen des Bosses den Schwanz lang. Ich hatte damit allen Umstehenden unmissverständlich klar gemacht, dass es mein Eigentum ist. Seitdem bin ich beim Boss sehr gut gelitten, zumal er sich mein Mädchen schon ein paar Mal ausleihen durfte.

Wenn ich mit der Kerbung durch bin, kommt der Arschfick dran. Anfangs wehrte er sich heftigst gegen meine Übergriffe. An manchen Tagen musste ich sogar meine ganze Kraft und Routine aufbringen, um schließlich doch noch zum Schuss zu kommen. Später beschwerte er sich über mich bei der Gefängnisleitung und forderte die Verlegung in eine andere Zelle.

Doch als man ihm als Ersatz die Zelle des Bosses anbot, machte er ganz schnell einen Rückzieher und verlangte lediglich eine gründliche Untersuchung der Vorfälle. Die erfolgte dann in der Gestalt des Gefängniswärters, der mir den Knebel zusteckte.

Wie nicht anders zu erwarten war, verlief die Untersuchung im Sande. Das Verfahren wurde eingestellt und man beließ ihn bei mir. Er haderte bestimmt noch ein halbes Jahr mit seiner Situation. Schließlich gab er auf. Im Vergleich zu den Mädels war er ein ausgesprochen harter Brocken, was Spaß gemacht hat.

Seitdem ist er jeden Abend dran. Kaum ist das Licht erloschen, legt er sich freiwillig nackt aufs Bett und lässt alles mit sich geschehen. Im Grunde ist er mittlerweile ähnlich gut erzogen wie Monika zuvor. In aller Regel vergehe ich mich mindestens zwei Stunden an ihm, wobei ich unentwegt an Nicole und unseren grandiosesten Arschfick aller Zeiten denken muss. Da ich seinen Zähnen nicht traue, ficke ich ihn grundsätzlich nur in den Arsch und nicht in den Mund. Meist komme ich drei oder vier Mal in der Nacht. Ich liebe das Gefühl, wenn sein Arsch nach dem ersten oder zweiten Abspritzen gut begehbar wird. Außerdem ist er durch die ständigen Ficks mittlerweile richtig schön geweitet, was auch andere bestätigt haben. Auch hierdurch hat sich mein Vergnügen beträchtlich erhöht.

Wenn ich mit dem Ficken durch bin, ist er für gewöhnlich dermaßen erschöpft, dass er auf der Stelle einschläft.

Schlecht empfinde ich meine Situation im Knast eigentlich nicht, und es fehlt mir auch nicht viel. Im Gegenteil: Das, was draußen illegal war und mich schließlich in den Knast brachte, nämlich meine rücksichtslosen Übergriffe anderen gegenüber, ist in meiner Zelle nicht nur legal, sondern erwünscht. Wäre mein Mitinsasse ein echtes Mädchen, lebte ich jetzt gar im Schlaraffenland. Da ich über sehr viel Fantasie verfüge und ein gutes Vorstellungsvermögen besitze, reicht es immerhin bereits zu einem halben Schlaraffenland.

Auch hat mir mein vorbildlicher und allseits gelobter Umgang mit meinem Zellenmädchen einige Vergünstigungen eingebracht. Beispielsweise darf mich Monika seitdem deutlich häufiger besuchen, als es der gesetzlichen Regelung entspricht.

Neulich fragte ich sie, ob sie einen anderen Kerl hat, was sie jedoch verneinte. Sie fügte an, dass sie in der Zwischenzeit verstanden habe, dass all das, was passiert ist, letztlich ihre Schuld sei. Es sei ihr Alkoholismus gewesen, der mich zerstört und schließlich zu meiner Tat befähigt habe. Aus diesem Grund müsse sie Sühne tun. Im Grunde gehöre sie ins Gefängnis und nicht ich. Jetzt wo sie nicht mehr an der Flasche hängt, sei ihr das bewusst geworden. Sie hätte mich als Mutter im Stich gelassen, so ihre Worte.

Und dann sagte sie noch, dass sie auf mich warten würde.

Sie meinte wahrscheinlich meinen Schwanz.

ÜBER DEN AUTOR

Noel Leidmann wurde 1985 in Delmenhorst bei Bremen geboren und lebt heute in Berlin.

NOEL LEIDMANN

MUTTER LIEBEN

NOEL LEIDMANN